Un époux en héritage

LYNNE GRAHAM

Un époux en héritage

Azur

HARLEQUIN

Collection : Azur

Cet ouvrage a été publié en langue anglaise
sous le titre :
THE BILLIONAIRE'S BRIDAL BARGAIN

Traduction française de
ELISABETH MARZIN

HARLEQUIN
83-85, boulevard Vincent-Auriol, 75646 PARIS CEDEX 13
Service Lectrices — Tél. : 01 45 82 47 47

www.harlequin.fr

ISBN 978-2-2803-4458-6 — ISSN 0993-4448

1.

Cesare Sabatino ouvrit le dossier envoyé par coursier et laissa échapper un grognement incrédule.

Il avait sous les yeux deux photos, représentant d'une part une adolescente blonde nommée Christina et d'autre part sa sœur aînée, Elisabetta. Cette folie familiale allait-elle se transmettre à une nouvelle génération ? Exaspéré, il passa nerveusement les doigts dans son épaisse chevelure noire. Il avait un travail monstre et vraiment pas de temps à perdre avec ce genre d'absurdités. A quoi jouait son père ?

— Que se passe-t-il ? demanda Jonathan, qui était à la fois son ami et un des directeurs de l'empire pharmaceutique Sabatino.

Cesare lui tendit le dossier.

— Jette un œil là-dessus et tu vas voir jusqu'où peut aller la folie d'un père apparemment sain d'esprit.

Jonathan étudia les photos.

— La blonde est plutôt mignonne, mais un peu jeune. L'autre, avec son affreux chapeau en laine, a l'air d'un épouvantail. Pourquoi Goffredo t'envoie-t-il ces photos ? Quel lien peux-tu avoir avec une famille de fermiers du Yorkshire ?

— C'est une longue histoire.

— Intéressante ?

Cesare fit la grimace.

— Ce n'est pas le terme que j'emploierais. Dans les années 1930, ma famille possédait dans la mer Egée une petite île appelée Lionos. La plupart de mes ancêtres paternels y sont enterrés. Ma grand-mère, Athene, y est née et y a grandi. Mais quand son père a fait faillite, Lionos a été vendue à un Italien du nom de Geraldo Luccini. Plus tard, le frère d'Athene a décidé de récupérer l'île en épousant la fille de Luccini. Mais finalement, il l'a plaquée le jour du mariage.

— Charmant...

— Luccini était tellement furieux qu'il a inclus dans son testament des clauses destinées à empêcher ma famille de reprendre possession de Lionos.

— Quel genre de clauses ?

— Ses héritiers — aujourd'hui les filles des photos, qui ont hérité Lionos de leur mère — n'ont pas le droit de vendre l'île. Pour que ma famille redevienne propriétaire de l'île, il n'y a qu'une solution. Qu'un Sabatino, moi en l'occurrence, épouse une de ces deux filles et qu'un enfant naisse de ce mariage.

— Tu plaisantes ?

— Pas du tout. Autrefois mon père a d'ailleurs demandé sa main à la mère, Francesca. Je dois cependant préciser qu'il était vraiment tombé amoureux d'elle. Heureusement, elle a préféré se marier avec son fermier.

— Pourquoi heureusement ?

— Elle n'est pas restée longtemps avec le fermier, ni avec aucun des hommes qui ont suivi. Goffredo l'a échappé belle.

Cesare réprima une moue de dérision. Face à une femme aussi volage, son père, d'un naturel plutôt naïf, aurait été complètement dépassé...

— Alors s'il t'a envoyé ce dossier...

— C'est dans l'espoir de m'intéresser au « projet

de récupération de Lionos », répliqua Cesare d'un ton pince-sans-rire en mimant des guillemets avec ses doigts.

— Il pense vraiment avoir une chance de te convaincre d'épouser une de ces deux filles ?

— Il a toujours été très optimiste.

Cesare soupira.

— Et il refuse de m'écouter quand je lui dis que je n'ai pas la moindre envie de me marier.

— En tant qu'homme marié et père de famille, je dois te dire que tu manques quelque chose.

Cesare se retint de justesse de rouler les yeux. Certes, contre toute attente, les mariages heureux existaient. Celui de son père en était un exemple et celui de Jonathan un autre. Mais pour sa part, il ne croyait pas aux contes de fées. Surtout depuis que son premier amour l'avait plaqué pour se marier avec un milliardaire, qui se définissait lui-même comme un « jeune de soixante-quinze ans ». Serafina avait consciencieusement joué son rôle d'épouse aimante jusqu'à la grille du cimetière. Aujourd'hui, c'était une veuve fortunée qui ne cessait de le pourchasser dans l'espoir de renouer avec lui.

La mâchoire de Cesare se crispa. Serafina était une erreur de jeunesse. Le genre d'erreur qu'il ne renouvellerait jamais. A présent, il ne se faisait plus aucune illusion sur les femmes et il dépensait son argent à bon escient. Sa maîtresse actuelle, un top model français, se donnait beaucoup de mal pour le satisfaire, au lit et en dehors. Sans même attendre de lui qu'il lui passe la bague au doigt… Une perle rare ! Bien sûr, il était un amant extrêmement généreux, mais l'argent ne servait-il pas à se faire plaisir ? Pourquoi se priver quand on avait les moyens de s'offrir tout ce qu'on désirait ?

Ce soir-là, lorsque Cesare arriva chez lui, Primo, son valet de chambre, lui annonça que son père était venu lui rendre visite à l'improviste et l'attendait sur la terrasse. Goffredo admirait la vue panoramique sur Londres quand son fils le rejoignit en s'efforçant de masquer sa contrariété.

— A quoi dois-je l'honneur ? demanda-t-il avec un sourire ironique.

Son père, toujours très démonstratif, le serra dans ses bras comme s'ils ne s'étaient pas vus depuis des mois, alors que leur dernière rencontre remontait à une semaine.

— Il faut que je te parle de ta grand-mère…

Le sourire de Cesare s'effaça aussitôt.

— Que se passe-t-il ?

— Athene doit subir un pontage coronarien. Avec un peu de chance, ça la débarrassera de son angine de poitrine. Le pronostic est excellent, mais elle se trouve trop vieille pour se faire opérer. Elle estime qu'elle a déjà de la chance d'être arrivée à soixante-quinze ans.

— C'est ridicule. Si nécessaire, j'irai lui parler pour lui faire entendre raison.

— Elle a besoin d'une perspective réjouissante. Quelque chose qui l'incite à penser qu'endurer le stress d'une opération vaut la peine.

— J'espère que tu ne penses pas à Lionos. C'est un projet totalement chimérique.

Goffredo pinça les lèvres.

— Depuis quand es-tu défaitiste ?

— Je ne suis pas défaitiste. Juste trop rationnel pour me battre contre des moulins à vent.

— Mais tu as quand même de l'imagination, non ? Tu es capable de… comment dites-vous, aujourd'hui ? D'innover. Les temps ont changé, Cesare. Le monde a évolué. En ce qui concerne l'île, tu as un pouvoir que je n'ai jamais eu.

Cesare soupira. Pourquoi n'était-il pas resté au bureau pour travailler tard dans la soirée, comme souvent ?

— De quel pouvoir parles-tu ?

— Tu es extrêmement riche, ce qui est loin d'être le cas des propriétaires actuelles de l'île.

— Allons, tu connais aussi bien que moi les clauses du testament.

— L'argent peut résoudre tous les problèmes. Vu leur jeune âge, les filles de Francesca n'ont sans doute pas plus envie que toi de se marier. Pourquoi ne conclurais-tu pas une sorte d'arrangement avec l'une des deux ?

Cesare secoua la tête.

— Tu me demandes de contourner le testament ?

— Il a été étudié dans les moindres détails par un avocat spécialiste du droit des successions. Si tu épouses une des filles, tu auras au moins le droit d'aller sur l'île. Et, surtout, tu auras le droit d'y emmener ta grand-mère. Après toutes ces années, elle serait très heureuse de retourner là-bas, même pour un bref séjour.

— D'après ce que j'ai compris, le testament interdit à tous les membres de notre famille de se rendre sur l'île.

— Sauf si un mariage a été célébré. C'est une subtilité mise en évidence par l'avocat. En revanche, si l'un d'entre nous se rendait sur l'île sans que cette condition soit remplie, les filles de Francesca perdraient leur héritage et l'île deviendrait la propriété de l'Etat.

— Ce qui n'arrangerait personne, à part l'Etat… Tu penses vraiment qu'un simple séjour à Lionos ferait plaisir à Nonna ?

— Pouvoir se recueillir de nouveau sur la tombe de ses parents, revoir la maison où elle est née, où elle s'est mariée et où elle a vécu avec mon père au début de leur mariage ? Ce serait un immense bonheur pour elle.

— Son rêve c'est plutôt de retourner vivre là-bas, non ? Or, le testament stipule que notre famille n'aurait le droit de s'installer de nouveau à Lionos que si un enfant naissait du mariage.

— D'après l'avocat, cette clause peut être contestée et il y a de grandes chances qu'elle soit jugée abusive.

— J'en doute. Ce serait une bataille judiciaire longue et coûteuse. D'autant plus que l'Etat s'opposerait à nous. A mon avis, c'est perdu d'avance. Quelle femme accepterait de m'épouser et d'avoir un enfant avec moi pour me permettre de reprendre possession d'une île inhabitée ?

Goffredo émit un grognement incrédule.

— Tu sais bien qu'on peut difficilement rêver plus beau parti que toi, Cesare. *Madre di Dio,* tu as toutes les femmes à tes trousses depuis l'adolescence !

Cesare lança à son père un regard narquois.

— Et tu ne trouves pas immoral le projet de faire un enfant dans le seul but de récupérer un héritage ?

— Comme je te l'ai déjà dit, je ne te suggère pas d'aller aussi loin, répliqua Goffredo d'un air très digne.

— Mais pour redevenir propriétaire de l'île je n'ai pas d'autre solution. Si je ne peux pas obtenir autre chose pour Nonna que le droit de se rendre là-bas pour un court séjour, je ne vois pas l'intérêt de tenter de soudoyer une étrangère.

— C'est ton dernier mot ?

— Je suis un homme pragmatique. S'il y avait la moindre chance de récupérer l'île, je ferais le nécessaire.

— Tu pourrais au moins prendre contact avec les filles de Francesca et voir s'il y a moyen de trouver un arrangement. Tu pourrais au moins *essayer !* s'exclama Goffredo d'un air outré.

Sur ces mots, il s'en alla. Cesare jura à mi-voix. Contrairement à son père, qui s'emportait aussi facilement qu'il s'enthousiasmait, il ne se laissait jamais dominer par ses émotions. Malgré tout, il ne pouvait s'empêcher d'être très inquiet pour sa grand-mère. Qu'elle ait besoin de se faire opérer était déjà une mauvaise nouvelle.

Mais qu'elle refuse d'écouter les médecins était encore plus alarmant. Athene devait penser que la vie n'avait plus rien d'excitant à lui offrir. Sans doute avait-elle également un peu peur de l'intervention. Sa grand-mère était une femme si forte et si courageuse que les gens avaient souvent du mal à imaginer qu'elle puisse avoir des faiblesses comme tout le monde.

La mère de Cesare étant morte le jour de sa naissance, la mère de Goffredo était aussitôt venue au secours de son fils. Tandis que ce dernier s'efforçait de surmonter son chagrin tout en se battant pour créer sa première entreprise, Athene s'était chargée d'élever Cesare. Avant de commencer l'école, il savait déjà lire et jouer aux échecs. Contrairement à Goffredo, Athene ne s'était pas laissé impressionner par l'intelligence prodigieuse de son petit-fils, et elle avait fait en sorte qu'il puisse s'épanouir et se développer à son rythme. Cesare devait beaucoup à sa *nonna* et c'était la seule femme au monde qu'il portait aux nues. Il avait un faible pour elle, quand bien même il ne l'avouerait pour rien au monde.

Un arrangement… Il rouvrit le dossier. L'adolescente, hors de question. La jeune femme avec le chapeau en laine ? Pouvait-il réellement envisager d'épouser une femme qui correspondait si peu à ses critères de choix habituels ?

— Tu aurais dû envoyer Héros à l'équarrissage quand je te l'ai dit ! s'exclama Brian Whitaker. Au lieu de ça, tu le laisses s'empiffrer dans l'écurie. Tu crois que nous avons les moyens de le nourrir ?

— Chrissie l'adore. Elle vient la semaine prochaine et je voulais qu'elle puisse lui dire au revoir.

Lizzie parlait d'une voix égale pour éviter d'attiser la colère de son père. Debout devant la table de la cuisine, les mains crispées sur le dossier d'une chaise pour limiter leur tremblement — symptôme le plus visible de la maladie de Parkinson qui ravageait son corps autrefois robuste — il dardait sur elle un regard furieux.

— C'est le meilleur moyen pour qu'elle fonde en larmes et qu'elle te supplie de ne pas l'envoyer à l'équarrissage. Si encore tu avais réussi à le vendre ! Mais bien sûr, tu n'as trouvé aucun acheteur. Tu es vraiment nulle, Lizzie !

Habituée à l'agressivité permanente de son père, Lizzie ne se départit pas de son calme.

— Une place va peut-être se libérer cette semaine à l'association de sauvetage d'équidés, dans la vallée. J'ai bon espoir qu'il puisse en profiter.

— Depuis quand l'espoir paie-t-il les factures ? lança Brian d'un ton méprisant. Et Chrissie devrait être ici pour t'aider au lieu de perdre son temps à étudier !

Lizzie pinça les lèvres. Sa petite sœur devrait sacrifier ses études ? Ça, c'était hors de question. Certes, la ferme périclitait, les dettes s'accumulaient et la lutte pour la survie devenait de plus en plus difficile. Mais de toute façon, son père n'avait jamais approuvé le désir de Chrissie de faire des études. Son univers se bornait aux limites de la ferme et ce qui se passait en dehors ne l'intéressait pas. Elle pouvait le comprendre. Son propre univers était réduit aux mêmes dimensions depuis qu'elle avait arrêté l'école à seize ans…

Lizzie adorait sa sœur cadette. Depuis toujours elle s'efforçait de la protéger. Aujourd'hui encore, elle était prête à tout pour lui éviter de mener la même vie qu'elle. En fait, quand Chrissie avait été admise à Oxford, Lizzie avait été aussi fière que si c'était sa fille. Sa sœur lui manquait, mais elle tenait avant tout à la voir s'épanouir.

Alors que Lizzie remettait ses bottes pleines de boue, un chien aux longs poils hirsutes, dont le corps bizarrement proportionné était révélateur d'un pedigree très mélangé, l'accueillit à la porte de derrière avec sa gamelle dans la gueule.

— Oh ! excuse-moi, Archie… Je t'ai oublié.

Elle enleva de nouveau ses bottes pour traverser la cuisine, et elle remplit la gamelle du chien tout en faisant mentalement la liste des innombrables tâches qui lui restaient à accomplir. Le bruit de la télévision lui parvint de la pièce voisine et elle se détendit un peu. Oublier ses douleurs devant un match de foot devrait améliorer l'humeur de son père pendant quelques instants.

Il avait mauvais caractère, mais sa vie n'avait pas été facile. Le travail acharné qu'il avait fourni toute sa vie n'avait jamais été payant. Francesca, son épouse, n'avait supporté que quelques années la vie de femme de fermier avant de partir avec un homme qu'elle jugeait promis à un avenir plus brillant. Aigri par le divorce qui avait suivi, Brian Whitaker ne s'était pas remarié. Lizzie avait douze ans quand sa mère était morte subitement, et Brian s'était retrouvé avec deux filles qu'il connaissait à peine sur les bras. Il avait fait de son mieux pour assumer ses responsabilités, sans jamais perdre une occasion de rappeler à Lizzie qu'elle ne serait jamais le fils robuste dont il aurait besoin pour l'aider à faire tourner la ferme. Il avait à peine plus de cinquante ans quand la maladie l'avait frappé, l'empêchant de fournir le moindre effort physique.

Le père de Lizzie aurait voulu un fils. Sa mère avait rêvé d'une fille extravertie aimant faire la fête, mais elle était timide et mal à l'aise en société. Même son fiancé l'avait quittée pour une autre femme. Lizzie en avait pris son parti. Elle n'était pas à la hauteur. Résignée, elle avait appris à travailler sans s'appesantir sur ses insuffisances.

Le matin, elle commençait par nourrir les poules et ramasser les œufs. Ensuite, elle donnait à Héros le fourrage et l'avoine qu'elle achetait avec l'argent qu'elle gagnait au pub du village, où elle travaillait derrière le bar le samedi soir. Pour son travail à la ferme, elle ne touchait aucun salaire. Avec un découvert qui ne cessait de s'aggraver au fil du temps, impossible de se payer. Il fallait puiser dans ce découvert pour les dépenses courantes et elle redoutait l'arrivée d'un énième avertissement de la banque.

Elle remplit le réservoir pour pulvériser l'insecticide sur le pré. Il fallait le faire avant que son père se plaigne de son retard sur les travaux de printemps. Archie sauta dans le tracteur et s'assit à côté d'elle. Il portait toujours le vieux collier de cuir marqué à son nom avec lequel elle l'avait trouvé, alors qu'il errait dans les champs, affamé et trempé. Personne n'était jamais venu le réclamer. Ce collier, visiblement luxueux au départ, semblait indiquer qu'il avait été un animal choyé, sans doute abandonné après la mort de son vieux maître.

Dès son arrivée il avait traîné avec Shep, leur vieux chien de berger, et s'était révélé étonnamment doué pour garder les moutons. Si bien qu'à la mort de Shep, Brian lui-même avait reconnu qu'il pouvait se rendre utile. Lizzie, de son côté, adorait Archie. Il dormait pelotonné à ses pieds sur le lit, et se laissait câliner avec joie quand elle n'avait pas le moral.

Elle revenait vers la cour pour remplir de nouveau le réservoir, quand elle vit une longue voiture noire quitter la route pour s'engager sur le chemin de la ferme. Quelqu'un possédant une voiture aussi luxueuse ne venait certainement pas acheter ses œufs de poules élevées en plein air… Elle arrêta le tracteur devant la clôture, descendit avec Archie sous le bras et se pencha pour déposer ce dernier par terre.

Ce fut la première vision que Cesare eut de Lizzie. En se redressant, elle regarda la limousine qui ralentissait pour se garer à côté du tracteur. Cette jeune femme s'habillait comme une clocharde, mais elle avait un teint de porcelaine et des yeux de jade… Le chauffeur descendit de voiture, déclenchant les aboiements d'un roquet qui ressemblait à un cylindre de poils avec des pattes ridiculement courtes. Tandis que la femme retenait le chien, Cesare descendit de voiture et promena son regard autour de lui. A en juger par l'état de la maison, son père n'avait pas exagéré quand il avait suggéré que la famille Whitaker ne roulait pas sur l'or.

— Vous cherchez votre chemin ? demanda Lizzie.

L'attention de Cesare fut aussitôt attirée par sa bouche. Elisabetta Whitaker avait trois atouts inattendus. Une peau superbe, des yeux magnifiques et des lèvres pulpeuses…

— Mon chemin ? répéta-t-il sans la quitter des yeux.

Elle était petite — sans doute un peu moins d'un mètre cinquante-cinq — et visiblement mince sous son affreuse veste verte usée jusqu'à la corde et sa salopette trop grande. Son chapeau en laine enfoncé jusqu'aux sourcils, elle le regardait comme s'il venait de débarquer d'une soucoupe volante.

Depuis qu'elle avait posé les yeux sur l'étranger, Lizzie était comme envoûtée. Avec ses épais cheveux noirs, ses yeux bruns d'un éclat saisissant et sa mâchoire carrée, cet homme était incroyablement séduisant… Mais que lui prenait-il de penser ça ? Elle déglutit péniblement.

— Je pensais que vous étiez perdu.

— Non, je ne pense pas… Je suis bien à la ferme des Whitaker ?

Les yeux de l'inconnu avaient des reflets dorés… Jamais elle n'avait vu des yeux aussi extraordinaires…

S'efforçant de lutter contre la langueur étrange qui s'emparait d'elle, Lizzie répondit d'une voix mal assurée.

— Oui, je suis Lizzie Whitaker.

— Cesare Sabatino.

Désarçonnée par ce nom de consonance étrangère, elle bredouilla :

— Excusez-moi, je n'ai pas bien compris…

— Vous ne parlez pas italien ?

— Deux ou trois mots, pas plus. Vous êtes italien ?

Il avait posé la question d'un air surpris, comme s'il savait que sa mère était d'origine italienne, constata-t-elle, de plus en plus déstabilisée. Francesca avait prévu d'élever ses filles de façon à ce qu'elles soient bilingues, mais dès qu'elles avaient commencé à utiliser des mots qu'il ne comprenait pas, leur père s'était emporté. A partir de ce moment, l'anglais était devenu l'unique langue parlée à la maison.

— *Si,* je suis italien, confirma Cesare en sortant de la poche de sa veste une carte de visite qu'il lui tendit.

Fascinée par l'élégance de chacun de ses gestes, elle dut faire un effort pour concentrer son attention sur la carte.

— Cesare Sabatino, lut-elle à haute voix. Et vous êtes ici parce que… ?

— Pourrions-nous en discuter à l'intérieur ?

Malgré son trouble, Lizzie releva le menton, hérissée par le ton autoritaire de son visiteur.

— Je préférerais le faire ici. Je suis en plein travail et je n'ai pas beaucoup de temps à vous accorder.

Peu habitué à ce qu'on lui tienne tête, Cesare serra les dents et se rapprocha imperceptiblement de Lizzie. Aussitôt, le chien gronda et planta les dents dans le bas de son manteau en cachemire.

— Archie, non ! s'exclama-t-elle. Je suis désolée… Il prend son rôle de chien de garde très au sérieux…

Archie tira frénétiquement sur le manteau, sans parvenir à faire bouger Cesare qui s'efforçait de l'ignorer.

— Oh ! Archie ! Arrête, pour l'amour du ciel !

Lizzie s'accroupit et força Archie à ouvrir la mâchoire. Il avait légèrement déchiré le manteau, constata-t-elle avec consternation. Et il y avait peu de chances pour que cet accroc passe inaperçu... A en juger la coupe impeccable de ses vêtements, Cesare Sabatino s'habillait sur mesure et ses vêtements devaient coûter une fortune. Que venait-il faire à la ferme ? L'estomac noué, elle prit Archie dans ses bras et se redressa.

— Vous êtes de la banque ?

— Non, je suis un homme d'affaires.

— Vous avez quelque chose à dire à mon père ?

— Non... c'est vous que je viens voir.

— Moi ? s'exclama-t-elle, stupéfaite.

Son regard rencontra celui de Cesare et elle fut parcourue d'un long frisson qui acheva de la déstabiliser. Que lui arrivait-il donc ?

— Pour quelle raison ? D'accord, entrez, ajouta-t-elle, résignée. Mais je vous préviens, c'est en désordre.

Elle tourna le coin de la maison, enleva ses bottes et ouvrit la porte de la cuisine. Cesare regarda avec effarement la vaisselle sale entassée dans l'évier, tandis que Lizzie posait le chien par terre, puis enlevait sa veste et son chapeau.

Cesare fut ébloui par les boucles blond cendré qui ruisselèrent sur les épaules de Lizzie. Quatrième atout, une chevelure somptueuse... mais pourquoi ces pointes châtain foncé ? Se faire teindre les pointes était la nouvelle tendance d'après une de ses collaboratrices, qui était arrivée un matin avec des cheveux mi-blonds, mi-roses. Ridicule...

— Café... ou thé ?

— Du café, répondit-il avec le sentiment de faire preuve d'un grand courage vu l'état de la cuisine.

Tandis qu'il enlevait son manteau et le posait sur une chaise, Lizzie mit l'eau à chauffer sur l'antique cuisinière à charbon tout en l'observant du coin de l'œil. Son visiteur était décidément d'une élégance extrême. Il pourrait figurer en couverture d'un magazine de mode masculin. Pour quelqu'un comme elle, qui ne voyait pratiquement que des hommes travaillant dans les champs, sales et débraillés, il avait tout d'un fantasme vivant. Elle dut faire un effort pour détacher ses yeux de lui et se diriger vers la porte du salon. C'était un homme d'affaires, se rappela-t-elle fermement. Visiblement très prospère. Or les hommes d'affaires prospères étaient des individus calculateurs et insensibles, prêts à tout pour gagner de l'argent. Que lui voulait-il ?

— Papa ? Nous avons un visiteur. Tu veux du thé ?

— Un visiteur ?

Brian Whitaker se leva de son fauteuil et gagna la cuisine d'une démarche chancelante. Lizzie prit des mugs dans le placard pendant que les deux hommes se présentaient.

— Je suis ici au sujet de l'île que Lizzie et sa sœur ont hérité de votre femme, expliqua Cesare.

Après un silence interloqué, Brian Whitaker s'exclama :

— Tu parles d'un héritage ! Une île dont on ne peut rien faire et qu'on n'a même pas le droit de vendre, quel intérêt ? En quoi ça vous intéresse ? Vous êtes un de ces crétins à la recherche de trésors inexistants ?

— Papa ! protesta Lizzie, consternée.

Etant donné leur situation financière, l'impossibilité de vendre cette île mettait son père en rage. Mais en quoi pouvait-elle intéresser un homme comme Cesare Sabatino ?

— Je vais te servir ton thé dans le salon, ajouta-t-elle, anxieuse d'éloigner son père.

— Je vous laisse. Après tout, il ne peut y avoir qu'une seule explication à la visite de *monsieur.* Il est venu faire sa cour !

Brian eut un rire moqueur.

— Bonne chance à vous ! lança-t-il à l'adresse de Cesare. Lizzie a été plaquée par le voisin il y a deux ans et elle n'est pas sortie avec un seul garçon depuis !

2.

Le visage en feu, Lizzie pria pour que le sol s'ouvre sous ses pieds et l'engloutisse. L'humiliation qui la clouait sur place était encore bien plus cuisante que celle qu'elle avait subie, deux ans plus tôt, lorsque la rupture de ses fiançailles avec Andrew Brook lui avait valu des commentaires narquois et des regards apitoyés de la part des gens du village. Un mois plus tard, Andrew avait épousé Esther, déjà enceinte de leur fils. S'efforçant de faire bonne figure, elle demanda à leur visiteur s'il prenait du sucre dans son café.

Cesare observait son dos raide, notant la taille fine et les courbes délicates qui se devinaient sous sa salopette. Comment un père pouvait-il être assez cruel pour rabaisser ainsi sa fille devant un tiers ? Pas un seul garçon depuis deux ans ? C'était étonnant, parce que malgré sa tenue peu flatteuse, la beauté de cette femme était envoûtante. Une beauté sans doute ni classique ni sophistiquée, mais tout de même de nature à attirer irrésistiblement le regard. Quel était le problème des hommes de la région ?

— Désolée pour papa, déclara Lizzie d'une voix crispée en posant un café sur la table devant Cesare.

— Vous n'avez pas à vous excuser, *cara*.

— Mes parents ont toujours considéré ce testament comme une plaisanterie de très mauvais goût.

Personnellement je n'y pense jamais, mais pour mon père ça reste une grande frustration, à cause du manque d'argent.

— Etes-vous déjà allée à Lionos ?

— Non, je n'en ai jamais eu l'occasion. Maman y a séjourné une fois une semaine avec un de ses compagnons. Elle n'a pas été emballée du tout.

Lizzie était soulagée que Cesare n'ait fait aucun commentaire sur la sortie de son père. Tout en parlant, elle ne pouvait s'empêcher d'admirer ses pommettes hautes, son nez droit et sa bouche au dessin ferme. Mais ce qui la fascinait le plus c'étaient ses yeux bruns aux reflets d'or.

— Je pense qu'elle a été déçue par le côté rudimentaire du logement. Elle s'attendait à quelque chose de plus luxueux.

— Le testament prévoit pourtant un fonds de fonctionnement. Il me semble qu'un gardien qui vit avec sa famille à proximité de la maison est chargé de l'entretien.

— Oui, mais ce fonds ne couvre que les dépenses liées à l'entretien courant. Pas les travaux d'amélioration. J'ai cru comprendre que la maison est restée telle qu'elle était dans les années 1930 et qu'elle ne dispose pas de tout le confort moderne. Maman pensait également que les gardiens s'occuperaient de la cuisine et du ménage pendant son séjour, mais ils ont refusé.

— Je suppose que vous vous demandez ce que je fais ici.

— Eh bien, je ne pense pas que vous soyez venu faire votre cour, répliqua Lizzie avec un haussement d'épaules qui se voulait désinvolte.

— Pas au sens conventionnel du terme, en effet.

Cesare but une gorgée de café et réprima une grimace. Elisabetta Whitaker n'était décidément pas une fée du logis… Ce qui n'avait rien de surprenant, puisque de toute évidence elle était seule à s'occuper de la ferme. Appuyée contre la cuisinière, les bras croisés, elle s'efforçait d'afficher un air serein, mais elle était visiblement très tendue.

— Cependant, je pense que nous devrions pouvoir conclure un arrangement, ajouta-t-il d'un ton neutre.

Lizzie plissa le front. Pourquoi avait-elle autant de mal à se concentrer sur les paroles de cet homme ? Pourquoi ne pouvait-elle s'empêcher de le dévorer du regard encore et encore, alors que sa curiosité devrait être satisfaite depuis longtemps ?

— Un arrangement ?

— Bien sûr, étant donné que votre sœur est copropriétaire de l'île vous devrez la consulter, mais voici ma proposition. Je suis prêt à vous verser une grosse somme d'argent si vous acceptez de m'épouser, étant entendu que ce serait un mariage de convenance, qui se limiterait concrètement à la seule cérémonie.

Lizzie resta muette un instant. Cette proposition était extravagante, mais curieusement le ton calme et sérieux de Cesare Sabatino la faisait paraître presque banale et acceptable…

— Juste une cérémonie de mariage ? Mais quel serait l'intérêt pour vous ?

Cesare expliqua que sa grand-mère était très attachée à l'île et qu'elle devait se faire opérer du cœur. Lizzie fut étrangement touchée par la tendresse perceptible dans sa voix quand il évoquait sa grand-mère, les yeux baissés, les pommettes légèrement colorées. Il n'était pas aussi froid et dur qu'il le paraissait au premier abord, songea-t-elle avec surprise. Et, de toute évidence, exprimer des émotions le plongeait dans un profond embarras.

— N'est-il pas illégal de faire un mariage blanc ? demanda-t-elle d'une voix hésitante.

— Il faudrait éviter que ça se sache. Pour sauver les

apparences, nous devrions faire comme si nous étions un vrai couple pendant au moins quelques mois.

— Et l'obligation d'avoir un enfant ?

— Qu'elle fasse partie ou non de notre arrangement dépend de vous. Je paierai très généreusement le droit d'emmener ma grand-mère sur l'île pour un court séjour. Mais s'il se trouvait que nous respections le testament à la lettre, je serais prêt à vous racheter l'île, ce qui vous rapporterait, à vous et à votre sœur, deux millions de livres au minimum. Je suis prêt à payer le prix fort pour que l'île redevienne la propriété de ma famille et j'en ai les moyens.

Deux millions de livres ? Lizzie déglutit péniblement. Son père pourrait quitter la ferme. Sa sœur et elle lui achèteraient une maison dans le village, où il retrouverait ses copains au pub. Chrissie pourrait laisser tomber ses deux emplois à temps partiel, rembourser son prêt étudiant et se consacrer entièrement à ses études. Quant à elle, libérée de la ferme, elle pourrait entreprendre une formation dans le but d'avoir un métier qui lui plaise. Elle pourrait emmener Archie chez le toiletteur, lui acheter un collier neuf et le nourrir avec les meilleurs aliments pour chien…

Ridicule. Mortifiée, elle crispa les poings. Comment avait-elle pu être tentée un seul instant ?

— Je ne pourrais jamais me marier et avoir un enfant par intérêt. Mais si ça peut vous consoler, pendant un instant j'ai souhaité être le genre de femme capable de faire ça.

— Réfléchissez-y, suggéra Cesare.

Comme prévu, la perspective de toucher un gros chèque ne l'avait pas laissée indifférente… Il se leva et indiqua la carte de visite posée sur la table.

— Vous avez mon numéro de portable.

— C'est tout réfléchi, murmura-t-elle, embarrassée.

Il mit son manteau.

— Il y a deux options et les deux sont avantageuses pour vous.

— Vous parlez vraiment comme un homme d'affaires, commenta-t-elle, toujours honteuse de s'être laissée aller à rêver d'une vie sans problèmes d'argent.

Etait-il donc si facile de cesser d'être quelqu'un de bien pour devenir une femme cupide ?

— C'est normal, puisque je suis en train d'essayer de négocier un arrangement, répliqua Cesare d'un ton pince-sans-rire.

— Est-ce votre père qui a demandé ma mère en mariage autrefois ?

— Oui, et ce n'était pas pour un arrangement. Il était très amoureux d'elle. Quand elle est venue en vacances ici, ils étaient fiancés. Mais après avoir rencontré votre père, elle l'a préféré au mien.

Malgré son ton neutre, la réprobation de Cesare était lisible sur son visage. Lizzie s'empourpra. Sa mère n'avait jamais reconnu qu'elle était fiancée à l'homme qu'elle avait quitté pour son père. Mais impossible de nier qu'elle était volage. A chaque fois qu'un homme croisait son chemin, il devenait l'homme de sa vie jusqu'à ce qu'elle découvre sa vraie nature, se lasse ou s'intéresse à un autre. Francesca avait toujours tourné la page du jour au lendemain, sans jamais essayer de construire une relation durable, ni se soucier des conséquences de cette vie tumultueuse sur ses deux petites filles.

— Pour ma part, je crains de ne pas être un homme sentimental, déclara Cesare. Je suis d'un naturel plus pragmatique que lui. Pourquoi ne tireriez-vous pas parti de votre héritage dans l'intérêt de votre famille ?

— Parce que ça ne me paraît pas correct, confia Lizzie d'une voix mal assurée. Et puis ce n'est pas ce que mon arrière-grand-père avait en tête quand il a rédigé ce testament.

— Non, en effet. Il voulait se venger parce que le frère de ma grand-mère avait plaqué votre grand-mère le jour du mariage. Mon grand-oncle était dans son tort, mais plonger l'île dans un vide juridique, dans le seul but d'empêcher ma famille de la racheter, n'était pas plus admissible. Cette situation absurde dure depuis près de quatre-vingts ans, mais nous avons le pouvoir de la débloquer.

— Je n'avais jamais pensé aux problèmes éthiques posés par le testament, reconnut Lizzie.

Cesare trouva cette franchise rafraîchissante et un sourire presque enfantin illumina soudain son visage. Bouleversée, Lizzie sentit son cœur s'affoler dans sa poitrine. Pourquoi cet homme la troublait-il à ce point ? Les réactions qu'il déclenchait en elle étaient très perturbantes. Effrayantes, même. Elle était bien placée pour savoir à quel point il pouvait être dangereux de céder à ce genre d'attirance. Ç'avait conduit sa mère à enchaîner les relations désastreuses.

— Ma proposition est sur la table et je suis prêt à négocier avec vous. Discutez-en avec votre sœur et votre père, mais demandez-leur de garder le secret, conseilla Cesare, les yeux fixés sur les lèvres pulpeuses de Lizzie.

Cette bouche était très tentante et il aimerait bien en connaître le goût, songea-t-il avant d'ajouter :

— Nous pourrions envisager de remplir toutes les conditions du testament… Je vous trouve très séduisante.

Sur ces mots, il quitta la cuisine et se dirigea vers la limousine. Le chauffeur en sortit aussitôt pour lui ouvrir la portière et il prit place à l'arrière.

Séduisante ? Ecartant une mèche de son visage, Lizzie aperçut son reflet dans le vieux miroir piqué accroché au mur. Elle avait les pupilles dilatées et les joues écarlates. Il venait de lui dire qu'il était prêt à lui faire un enfant si elle était d'accord… ? Non ! Elle n'était pas d'accord ! Elle avait des principes. Elle savait qu'en général un enfant était plus heureux s'il vivait avec sa mère *et* son père.

Pourtant, lorsqu'elle avait vu son ex-fiancé avec son bébé dans les bras, au village, elle avait éprouvé une souffrance bien plus intense que lorsqu'elle avait appris son infidélité. Elle rêvait depuis toujours d'avoir un enfant. Quand Andrew l'avait quittée pour Esther, elle avait envié celle-ci, mais uniquement parce qu'elle était enceinte. Cela signifiait-il qu'elle était aussi froide qu'Andrew le lui avait dit un jour ? Aujourd'hui encore elle était mortifiée par cette accusation. En choisissant Esther, Andrew avait pris la bonne décision. Et pourtant elle l'avait aimé elle aussi, à sa manière.

Toujours devant le miroir, Lizzie refoula ses larmes. C'était Andrew qui l'avait persuadée de se teindre les cheveux, mais ils avaient tellement repoussé depuis, qu'ils étaient à présent bicolores. Ce qui prouvait à quel point il était stupide d'essayer de changer pour faire plaisir à un homme…

Mais de qui tenait-elle son instinct maternel ? Certainement pas de sa mère qui, à chacune de ses tocades, concentrait toute son énergie sur l'homme de sa vie. Dire qu'elle avait plaqué le père de Cesare pour épouser le sien… Mais ça n'avait rien de surprenant. Par la suite, la rigueur des hivers du Yorkshire et les problèmes d'argent avaient eu raison de l'engouement de Francesca pour Brian Whitaker. Quelques semaines après la naissance de Chrissie, elle s'était enfuie avec un homme dont l'alcoolisme n'avait pas tardé à se révéler. Son successeur s'était montré beaucoup plus intéressé par l'argent dont Francesca venait d'hériter, après la mort de ses parents, que par Francesca elle-même. Son troisième amant n'avait pas cessé de la tromper. Quant au quatrième qui l'avait épousée, c'était un homme violent.

Après avoir pâti des multiples relations destructrices de sa mère, Lizzie avait beaucoup de mal à faire confiance aux hommes. Pendant toute son enfance, elle s'était efforcée de protéger sa sœur cadette et de lui assurer une enfance à peu près normale, malgré les déménagements et les changements d'école incessants. Presque tous les moments heureux de sa vie dataient de l'époque où Chrissie était petite. L'idée que sa cadette avait besoin d'elle et de son amour lui avait été d'un grand réconfort. Le départ de Chrissie pour l'université avait laissé un grand vide dans sa vie. Heureusement qu'Archie était là pour la consoler, songea-t-elle avec un sourire attendri. S'efforçant de chasser ses pensées moroses, elle se remit au travail.

— Epouse-le et arrête d'en faire toute une histoire ! s'exclama Brian Whitaker avec irritation. Nous n'avons pas le choix. Le loyer a encore augmenté et la banque va exiger que nous couvrions le découvert !

— Ce n'est pas si simple, papa, fit valoir Lizzie.

Mais son père ne l'écoutait pas. Il n'avait pas écouté un mot de ce qu'elle avait dit depuis que la lettre d'avertissement de la banque était arrivée.

— C'est sûr qu'il aurait été plus simple que tu épouses Andrew. Il aurait repris la location. J'aurais pu continuer à vivre ici et tout le monde aurait été content. Mais est-ce que tu as été capable d'assurer ? Non ! Il a fallu que tu le traites par-dessus la jambe ! Que tu lui dises que tu préférais attendre pour te marier !

— Je voulais éviter d'agir dans la précipitation. Je voulais prendre le temps de mieux le connaître. Pour être sûre que notre mariage durerait…

— Tu aurais aussi bien pu l'offrir à Esther dans un paquet-cadeau ! Andrew était notre seule chance de maintenir cette ferme à flot, mais tu l'as gâchée. Et, aujourd'hui, tu trouves des tas de raisons de ne pas épouser un homme alors que c'est notre seule chance !

— Des tas de femmes refuseraient de le faire ! lança Lizzie par-dessus son épaule avant de sortir dans la cour avec Archie sur les talons.

Une semaine s'était écoulée depuis la visite de Cesare Sabatino et son père tempêtait contre elle tous les jours, à cause de ses réticences à accepter la proposition de Cesare. Heureusement, Chrissie n'aurait pas le même discours, songea-t-elle en s'engageant sur le chemin au volant de la vieille Land Rover de son père pour aller chercher sa sœur à la gare. Lorsqu'elle lui avait parlé au téléphone de la visite de Cesare, Chrissie l'avait exhortée à agir selon sa conscience, sans tenir compte des récriminations de son père. Malheureusement, c'était plus compliqué que prévu. La situation s'aggravait de jour en jour et les problèmes s'accumulaient. Quand le loyer augmenterait au renouvellement du bail, ils n'auraient plus les moyens de le payer. Ce qui signifiait qu'ils seraient bientôt à la rue. Et si la banque exigeait le remboursement du découvert, comme elle les en menaçait, ils n'auraient même plus les moyens de vivre. Où iraient-ils ? Comment s'en sortiraient-ils ? Agir selon sa conscience c'était très noble, mais ça ne leur permettrait pas de survivre.

Lizzie poussa un profond soupir. L'angoisse et le stress dû aux discussions à bâtons rompus avec son père gâchaient sa joie de revoir sa sœur. Les cheveux attachés en queue-de-cheval et les yeux brillants, Chrissie attendait devant la gare avec deux grosses valises et un sac à dos.

— Mon Dieu, pourquoi tous ces bagages ? Ce n'est pourtant pas la fin du trimestre ! s'étonna Lizzie.

Sa sœur la serra dans ses bras avec fougue.

— Comme tu m'as manqué ! Et je vais encore te poser la question habituelle… pourquoi ne t'es-tu pas fait couper les cheveux pour te débarrasser de ces horribles pointes ?

— Je n'ai pas eu le temps… ni l'argent, marmonna Lizzie en prenant une valise pour la mettre à l'arrière de la Land Rover.

— Je suis sûre qu'en réalité, tu te punis de ne pas avoir épousé Andrew.

— Tu as des cours de psycho en plus de la littérature, maintenant ? plaisanta Lizzie.

Une fois tous les bagages dans la voiture, elle reprit le volant.

— Je te préviens… papa est sur le sentier de la guerre.

— Il veut que tu épouses l'Italien à cause de l'argent, c'est ça ?

Chrissie émit un grognement de désespoir.

— Ce cher vieux papa, quel dinosaure ! Il a fait pression sur toi pour que tu épouses Andrew parce qu'il voulait garder la ferme, et maintenant il recommence à cause de cette stupide île ! Eh bien ne t'inquiète pas, je ne suis pas du tout de son côté. Nous avons vécu jusqu'à présent sans rouler sur l'or et je dis que ce qu'on n'a pas ne peut pas nous manquer !

Malgré son anxiété, Lizzie ne put s'empêcher de sourire. Après les reproches répétés de son père, l'attitude positive de sa sœur était un véritable rayon de soleil. Même si son caractère romanesque et idéaliste n'aidait pas Chrissie à tenir compte de la réalité…

— Tu as peut-être raison.

Lorsqu'elles arrivèrent à la ferme, Chrissie se précipita vers Héros, son vieux poney, pour le caresser et lui donner une pomme qu'elle sortit de sa poche. Le cœur de Lizzie se serra. Oui, sa sœur était résolument optimiste même quand il n'y avait aucune raison de l'être. N'était-elle pas consciente que s'ils perdaient leur maison, Héros serait le premier à être sacrifié ?

— Et maintenant, il faut que je t'annonce la grande nouvelle ! annonça Chrissie qui revenait vers la voiture en sautillant pour aider Lizzie à décharger ses bagages. Je suis rentrée pour de bon !

Lizzie la regarda avec incrédulité.

— Que veux-tu dire ?

— Je laisse tomber l'université… Je rentre à la maison. Même avec mes deux jobs et le prêt étudiant, j'arrive tout juste à me nourrir. Je suis à découvert et j'en ai assez. Surtout sachant que tu te tues au travail sept jours sur sept ici et que vous vous en sortez à peine. Je vais chercher un emploi dans la région et je t'aiderai pendant mon temps libre. Je suis adulte, maintenant. Il est grand temps que je fournisse ma part d'efforts.

L'incrédulité de Lizzie laissa place à la consternation. Sa sœur lui manquait terriblement, mais la dernière chose qu'elle souhaitait c'était qu'elle arrête ses études ! D'autant plus que d'ici quelques semaines ils n'auraient peut-être même plus un toit à lui offrir…

— Je ne me doutais pas que tu avais autant de mal à t'en sortir.

— Je ne voulais pas que tu t'inquiètes, confia Chrissie. Mais ça m'a ouvert les yeux. Je n'imaginais pas du tout qu'il fallait autant d'argent pour se loger et se nourrir. Et je ne peux pas faire des heures supplémentaires. Mon directeur d'études m'a déjà mise en garde au sujet de mon niveau qui n'arrête pas de baisser… Je suis tellement fatiguée que je m'endors pendant les cours.

Ce fut à cet instant que Lizzie prit sa décision. Elle avait la possibilité de changer les choses. Comment pourrait-elle ne rien faire alors que sa sœur était obligée de renoncer à ses études ? Que sa famille se retrouverait bientôt à la rue ? Il fallait au moins qu'elle accepte de se marier avec Cesare pour qu'il puisse emmener sa grand-mère sur l'île. Ce qu'il paierait pour ce service lui permettrait certainement de régler les factures impayées et de trouver une location dans le village.

Mais aller plus loin ? Comment pourrait-elle s'y résoudre ? Comment pourrait-elle avoir un enfant avec lui uniquement pour qu'il puisse acheter Lionos et résoudre définitivement tous les problèmes financiers de sa famille ?

La réponse s'imposa brusquement à elle. Comment n'y avait-elle pas pensé plus tôt ? Cesare avait dit qu'il était un homme pragmatique. Cette solution devrait donc lui convenir parfaitement. Et, de son côté, elle ne serait pas obligée de coucher avec un étranger. Submergée par un immense soulagement, elle redressa les épaules et se surprit à sourire. Enfin, elle reprenait le contrôle de sa vie !

— Tu retournes à l'université dès lundi, jeune fille, dit-elle à Chrissie d'un ton ferme. Tu vas laisser tomber tes deux emplois à temps partiel et te concentrer sur tes études. Je vais faire en sorte que tu en aies les moyens.

Chrissie la regarda d'un air horrifié.

— Tu ne peux pas épouser ce type, Lizzie ! Tu ne peux tout simplement pas !

Lizzie réfléchit rapidement, prit une profonde inspiration et s'assit à la table de la cuisine.

— Je vais être franche avec toi, Chrissie. J'ai passé huit ans à travailler tous les jours dans cette ferme. Sans avoir la moindre vie sociale. Je n'ai pas un seul vêtement mettable, aucun bijou digne de ce nom, et je ne sais même pas me maquiller correctement.

— Ce n'est pas une raison pour céder à papa et te sacrifier !

— Ne t'est-il pas venu à l'esprit que je pourrais avoir envie d'épouser Cesare et d'avoir un enfant ? C'est un homme très séduisant et je rêve d'un enfant depuis toujours, tu le sais. Et puis je ne supporte plus d'être malade d'inquiétude à chaque fois que j'ouvre la boîte aux lettres !

Chrissie plissa le front, visiblement assaillie par le doute.

— Je suis très sérieuse, poursuivit Lizzie avec détermination. Je *veux* épouser Cesare. C'est la meilleure solution pour nous tous. Et, crois-moi, je ne suis pas du genre à me sacrifier.

3.

— Je ne sais pas exactement quelles dispositions vont être prises, dit Lizzie à son père tout en arpentant la cuisine, en jean, pull et boots. J'ai une ou deux choses à vérifier dehors. Autant que je m'occupe en attendant l'arrivée de Cesare.

— Qu'est-ce que c'est que ce prénom à la noix ? s'esclaffa Brian Whitaker.

Elle lui lança un regard exaspéré. Comment osait-il l'asticoter et se moquer de Cesare ? *Mais inutile de s'énerver*, se dit-elle aussitôt pour tenter de se remonter le moral. Tout allait pour le mieux. Chrissie était repartie à l'université, et très bientôt son père et elle n'auraient plus besoin de s'inquiéter pour le loyer ni pour le découvert.

— C'est un prénom italien. Comme le mien, celui de Chrissie et celui de maman. Il n'a rien d'anormal. Et il ne faut pas oublier que Cesare va transformer nos vies d'un coup de baguette magique.

— Même dans le jardin d'Eden il y a un serpent, répliqua son père d'un ton dédaigneux, toujours déterminé à avoir le dernier mot.

Après avoir mis sa veste, Lizzie sortit et inspira une grande bouffée d'air frais. Elle alla jusqu'au mur de pierre qui entourait la cour pour regarder les moutons dans le pré. La période d'agnelage commencerait bientôt. Si elle devait quitter la ferme avant, Andrew prendrait sans doute les brebis, songea-t-elle avec le détachement avec lequel elle s'appliquait à considérer les choses depuis qu'elle avait envoyé sa réponse à Cesare. On ne faisait pas d'omelette sans casser des œufs… Alors qu'elle regardait le chemin, guettant l'arrivée d'une voiture, un bruit lui fit lever la tête.

Un hélicoptère approchait. Il décrivit un cercle au-dessus de la colline, s'immobilisa un instant puis piqua vers le sol. L'espace d'une seconde, Lizzie resta clouée sur place, atterrée. Il avait l'intention de se poser au milieu des moutons ? Affolées par le bruit assourdissant de l'appareil, les bêtes s'éparpillèrent. Elle s'élança vers la barrière et sauta par-dessus en criant à Archie qui la suivait de rassembler le troupeau.

Elle eut beau courir à perdre haleine, elle ne fut pas assez rapide pour empêcher les moutons d'escalader le mur et de continuer leur course folle à travers le champ voisin en direction de la rivière. Affolée, elle escalada le mur à son tour tout en regardant Archie qui éloignait de l'eau les bêtes paniquées. Malheureusement, l'hélicoptère qui s'était posé redécolla et le bruit redevint assourdissant. Les moutons détalèrent de nouveau dans toutes les directions.

Elle entendit quelqu'un l'appeler et vit avec soulagement Andrew qui arrivait en courant. Tout en s'efforçant de reprendre son souffle et de repérer Archie, qui avait soudain disparu, elle poursuivit sa course vers la rivière. Andrew arriva au bord de l'eau le premier et elle le vit se pencher sur la rive boueuse. Un des moutons avait dû se blesser, songea-t-elle en le rejoignant.

— Je suis désolé, Lizzie, dit-il d'un air navré. Il est blessé. Il ne pouvait pas maîtriser le troupeau dans cette panique. Il est trop petit.

Horrifiée, elle s'agenouilla à côté d'Archie, étendu dans la boue. Ses gémissements lui déchirèrent le cœur.

— Oh ! non…

— Je pense qu'il s'est seulement cassé la patte, mais il vaudrait mieux vérifier qu'il n'a pas de lésions internes. Il a été piétiné.

— Ce stupide pilote d'hélicoptère ! Les gens sont malades ! s'exclama-t-elle, désespérée.

Andrew, qui ne manquait jamais de ressource, cassa une branche d'arbre, la tailla avec son couteau de poche, puis attacha cette attelle improvisée à la patte d'Archie à l'aide d'un bout de ficelle.

— Se poser dans un champ plein de bétail est complètement stupide, en effet, acquiesça-t-il.

Tandis que Lizzie caressait Archie d'une main tremblante, il composa un numéro sur son portable.

— Il vaut mieux l'emmener chez le vétérinaire. J'appelle Dany pour le prévenir.

Son chien avait rassemblé le troupeau et l'avait ramené dans le champ d'où il s'était enfui. En état de choc, Lizzie était échevelée et en sueur après sa course éperdue. Elle se releva lentement en tenant avec précaution le petit corps tremblant d'Archie contre sa poitrine. Des larmes ruisselaient sur ses joues. De retour dans la cour de la ferme, elle installa Archie sur le siège passager de la Land Rover.

— Je viens avec toi, annonça Andrew. Je sais à quel point tu tiens à ce chien.

— Merci, mais je peux me débrouiller seule, répondit-elle avec un sourire reconnaissant.

— C'est l'ex-fiancé, Andrew Brook, notre voisin, expliqua Brian Whitaker à Cesare qui observait la scène à son côté, depuis la porte de la maison. Ils ont grandi ensemble. J'ai toujours pensé qu'ils se marieraient, mais il a rencontré Esther et c'est elle qu'il a épousée.

C'était le genre de détail qu'il n'avait aucune envie de connaître, songea Cesare. C'était déjà assez contrariant que Lizzie n'ait pas pris la peine de venir le saluer. Ne se doutait-elle pas qu'il était un homme très occupé ? Et ce sourire charmeur à son ex, un homme séduisant bâti en athlète… Vu la façon dont elle le regardait et dont elle lui pressait le bras, on se demandait pourquoi ils avaient rompu. Cesare serra les dents, de plus en plus exaspéré. Que lui prenait-il de se poser ce genre de question ? La réponse ne l'intéressait absolument pas !

— Lizzie ! appela Brian Whitaker, tandis qu'Andrew repartait chez lui à travers champs.

Lizzie tourna la tête et écarquilla les yeux. Malgré son anxiété, son cœur se mit à battre la chamade. Vêtu d'un costume gris à rayures, d'une chemise blanche et d'une cravate bordeaux, Cesare détonnait dans le décor…, mais il était d'une beauté à couper le souffle.

— Mon Dieu, quand êtes-vous arrivé ? Je n'ai pas vu de voiture.

— Je suis venu en hélicoptère.

Les doigts crispés sur les clés de la Land Rover, Lizzie se figea, abasourdie. Puis elle se précipita vers Cesare, submergée par une colère noire.

— C'est vous le crétin qui a atterri en hélicoptère dans un champ plein de bétail ?

De toute sa vie, jamais personne n'avait parlé à Cesare avec une telle insolence. Plissant le front, il considéra Lizzie avec incrédulité. En fait, il y avait encore plus choquant. Bien que prévenue de sa visite, Lizzie n'avait fait aucun effort. Elle avait toujours la même allure de clocharde et ses vêtements étaient maculés de boue… Pourtant, avec sa crinière cendrée tout ébouriffée et ses joues rouges qui faisaient ressortir le vert de ses yeux étincelants, elle était superbe. Et il était à craindre que même attifée d'un sac-poubelle, elle l'attire toujours autant…

— Quel est le problème ? demanda-t-il d'un ton posé.

Nul doute qu'un simple malentendu né de leur différence de milieu était à l'origine de cette agressivité soudaine.

— Le problème c'est… !

— Inutile de hurler, coupa-t-il d'une voix suave. Je ne suis pas dur d'oreille.

— Votre pilote a atterri dans un champ plein de moutons… et il devrait être fusillé pour ça ! Ils étaient tellement terrifiés qu'ils se sont enfuis. Ce sont pour la plupart des brebis qui vont mettre bas dans quelques jours. Si certaines font des fausses couches après cette débandade, c'est vous que je tiendrai pour responsable !

Son pilote voulait atterrir dans un champ plus éloigné, se rappela Cesare. Mais malgré son insistance, il lui avait ordonné de se poser le plus près possible de la maison pour ne pas avoir à marcher dans la boue.

— C'est bien moi le responsable, en effet. Pas le pilote. C'est moi qui lui ai imposé d'atterrir là, reconnut-il à la grande surprise de Lizzie. Je ne connais rien à l'élevage ni aux animaux. Bien entendu, je compenserai les pertes de revenu éventuelles.

— Il ne peut pas mieux dire, intervint Brian Whitaker en lançant un regard d'avertissement à sa fille. Restons-en là.

— Archie est blessé ! protesta Lizzie avec feu en foudroyant Cesare du regard. Le troupeau l'a piétiné au bord de la rivière. Je dois l'emmener chez le vétérinaire en urgence et je n'ai pas le temps… ni la patience… de m'occuper de vous !

Cesare vit avec incrédulité sa future épouse regagner sa voiture.

— C'est réussi. Elle traite ce stupide chien comme

si c'était son enfant ! marmonna Brian Whitaker avant de rentrer dans la maison.

Il n'y avait qu'une solution, décida Cesare en se dirigeant à son tour vers la Land Rover.

— Je vous accompagne, annonça-t-il en ouvrant la portière passager.

Désarçonnée, Lizzie lui jeta un coup d'œil sceptique.

— Vous allez être obligé de tenir Archie.

Cesare arqua les sourcils avant de s'apercevoir que la Land Rover était un véhicule à deux places et que le chien gisait sur le siège passager. Lizzie descendit et fit le tour de la voiture pour prendre Archie dans ses bras.

— Je vais le tenir le temps que vous montiez.

— Je pourrais conduire.

— Vous ignorez où nous allons et la route est pleine de nids-de-poule, répliqua-t-elle en déposant délicatement Archie sur les genoux de Cesare. Faites attention à ce qu'il ne tombe pas, s'il vous plaît.

La gorge nouée, elle reprit place derrière le volant et démarra. Elle avait toutes les peines du monde à retenir ses larmes. Archie n'avait jamais été aussi calme. Pourvu qu'il ne soit pas en train de mourir…

— Il respire toujours ? demanda-t-elle d'une voix étranglée en s'engageant sur le chemin.

— Je sens son cœur battre, répondit Cesare en s'efforçant d'oublier que l'intérieur de la voiture sentait l'animal et semblait loin d'être propre.

Ne sachant que faire il caressa le petit corps immobile et tressaillit quand le chien tourna la tête pour lui lécher la main.

— Il a confiance en vous, commenta Lizzie.

— Il n'a pas vraiment le choix, répliqua-t-il d'un ton pince-sans-rire.

Cette fille conduisait comme une folle… Décidément, cette virée dans le Yorkshire était un véritable cauchemar.

Il était parti de Genève à 6 heures et il avait passé la journée en déplacement. A présent, il était 20 heures et non seulement il n'avait rien mangé depuis une éternité, mais il paraissait évident qu'il n'était pas près d'en avoir l'occasion. Lizzie était sans doute à mille lieues d'imaginer qu'il avait prévu de l'inviter à dîner, et vu qu'il n'avait ni toison laineuse ni sabots, il ne lui viendrait jamais à l'esprit de le nourrir…

Lizzie s'arrêta sur un petit parking, prit Archie dans ses bras et se précipita dans le cabinet du vétérinaire. Cesare, qui n'avait pas l'habitude d'être ignoré, soupira et se résigna à la suivre. Ils furent accueillis par un homme d'un certain âge, qui prit le chien pour l'emmener à la radio, les laissant dans une petite salle d'attente sinistre.

Lizzie était de nouveau au bord des larmes, constata Cesare avec consternation. Anxieux de lui changer les idées, il murmura :

— Alors nous allons nous marier.

Elle se hérissa. Comment pouvait-il manquer à ce point de compassion ? Pensait-il vraiment qu'elle avait l'esprit à discuter de ça alors qu'elle attendait de savoir si Archie allait vivre ou mourir ?

— Oui, mais ça ne sera pas un vrai mariage, répliqua-t-elle d'un ton crispé en gardant la tête baissée.

— Nous ne visons pas le gros lot, donc.

Pas de vrai mariage, pas d'enfant, raisonna Cesare. Par conséquent il ne pourrait pas racheter l'île. Mais pourquoi était-il aussi frustré ? Il devrait déjà s'estimer heureux d'avoir la possibilité d'emmener Athene à Lionos.

Lizzie tourna la tête vers lui et il fut fasciné par l'éclat de ses yeux humides.

— Si. J'ai trouvé une solution. L'insémination artificielle. Nous y avons recours pour le bétail. C'est la solution idéale. Nous ne serons pas obligés d'avoir…

des relations intimes. Nous pourrons ainsi conserver l'un et l'autre notre dignité.

— Notre dignité ?

La première réaction de Cesare fut de se sentir offensé dans sa virilité, mais les avantages de cette solution lui apparurent très vite. Un mariage de ce genre lui permettrait de garder toute sa liberté. Et d'éviter les complications. Après tout, quand on couchait avec une femme on ne pouvait jamais être sûr qu'elle n'allait pas s'attacher. Sans relations sexuelles, pas de risque que leur arrangement change de nature. Oui, elle avait raison. C'était la solution idéale. Alors pourquoi la perspective d'avoir un enfant conçu en laboratoire le rebutait-elle ? Et pourquoi avait-il du mal à accepter l'idée que Lizzie Whitaker ne partagerait jamais son lit ?

— Oui, se forcer par intérêt à coucher avec quelqu'un qui nous est étranger serait une corvée dégradante pour chacun de nous, expliqua Lizzie.

Il ne put s'empêcher d'avoir un sourire amusé.

— J'ai l'impression que vous ne connaissez pas grand-chose au fonctionnement du mâle de base !

Elle devint écarlate.

— Si vous appartenez à cette catégorie, vous n'avez aucune raison de vous en vanter !

Cesare inspira profondément. Mieux valait éviter de lui demander s'il lui arrivait de prendre les choses avec humour. Ce n'était pas le moment. En tout cas, c'était la première fois qu'il rencontrait une femme totalement insensible à son charme. Pourquoi faire preuve de fausse modestie ? Il avait pris conscience dès l'adolescence de son pouvoir de séduction qui n'avait cessé de s'accroître par la suite, en même temps que sa fortune… Mais de toute évidence, il n'impressionnait pas du tout Lizzie.

— Si je vous ai blessé, je suis désolée, reprit-elle contre toute attente. Je suis tellement inquiète pour

Archie que je ne fais pas attention à ce que je dis. Je ne voulais pas vous offenser, mais je trouve préférable que deux personnes n'ayant pratiquement rien en commun comme nous aient recours à des moyens détournés pour faire un bébé. Cependant, si nous prenons cette décision j'aurai besoin de garanties supplémentaires.

— Lesquelles ?

— Vous devrez accepter de jouer votre rôle de père jusqu'à ce que l'enfant devienne adulte. Nous allons nous marier, puis divorcer à un moment ou à un autre. Cependant, un enfant a besoin de ses deux parents. Lui apporter tout au long des vingt prochaines années l'amour et la sécurité qu'il mérite représenterait une lourde responsabilité et je veux être sûre que vous êtes prêt à l'assumer.

Cesare la considéra avec perplexité. Il était persuadé qu'elle voulait discuter de la compensation financière prévue dans leur arrangement. Au lieu de ça, elle se préoccupait avant tout de l'intérêt de l'enfant…

— De votre côté, pourquoi êtes-vous prête à la prendre ?

— J'ai toujours voulu un enfant. En revanche, je n'ai pas vraiment envie de l'homme qui va avec. L'arrangement que vous m'avez proposé paraît donc la solution idéale. D'autant plus que je ne veux pas pour autant priver mon enfant de son père.

Ces propos laissèrent Cesare pantois. Les femmes qu'il fréquentait d'ordinaire ne parlaient jamais avec une telle franchise de leur désir d'enfant. Lizzie était-elle encore amoureuse de son ex ou bien n'aimait-elle tout simplement pas les hommes ? Il n'était pas commun pour une femme aussi jeune de décider qu'elle voulait vivre seule. Avec consternation, il s'entendit demander :

— Etes-vous gay ?

A son grand dam, Lizzie sentit tout son visage s'enflammer.

— Non, ce n'est pas le problème, répondit-elle d'un ton crispé.

Mais les véritables raisons de son choix, elle préférait les garder pour elle. Rien ne l'obligeait à s'expliquer et c'était un soulagement…

— Si nous avons un enfant ensemble, je compte bien me montrer à la hauteur de vos attentes, déclara Cesare. Il se trouve que j'ai moi-même un père formidable et que je suis très conscient de l'importance du rôle qu'il joue dans ma vie.

Lizzie hocha la tête.

— C'était ma seule réelle inquiétude… Oh…

Impossible d'éviter le problème le plus urgent…

— Si nous concluons notre accord, je crains d'être obligée de vous demander de l'argent tout de suite. Je dois être honnête. Nous sommes dans une situation difficile. Ma sœur a besoin d'argent pour poursuivre ses études, et, de mon côté, je vais être obligée de louer quelque chose dans le village pour mon père, parce que, lorsque je partirai, je résilierai le bail de la ferme.

Devant l'embarras flagrant de Lizzie, Cesare eut un sourire apaisant.

— Bien sûr. Il n'y a pas de problème. Je m'attendais à une demande de ce genre.

— Vous connaissiez notre situation… *avant* de venir nous voir ? s'exclama-t-elle avec surprise.

— Bien sûr. Je me renseigne toujours avant de négocier une affaire.

Danny, le vétérinaire, apparut sur le seuil de la salle d'attente.

— Archie sera là dans une minute. Mon infirmière finit juste de le préparer. Sa patte est cassée et il a reçu un coup sur la tête, ce qui explique pourquoi il est un peu groggy. Mais sinon il n'y a pas de souci majeur.

Le vétérinaire expliqua à Lizzie le traitement à administrer à son chien et lui fournit des médicaments pour les jours suivants. Quelques secondes plus tard, Archie arriva dans les bras de l'infirmière avec une patte dans le plâtre et un collier gonflable autour du cou. De nouveau en pleurs, Lizzie le prit dans ses bras en remerciant le vétérinaire avec effusion, tandis que Cesare insistait pour payer la consultation.

— Je suis très attachée à Archie, expliqua-t-elle en essuyant ses larmes de soulagement avec son coude. Vous pouvez prendre le volant, si vous voulez. Les clés sont dans ma poche.

Cesare prit les clés et déverrouilla la portière passager.

— J'espérais que vous viendriez à Londres avec moi ce soir.

— Ce soir ? C'est impossible !

— Nous avons un programme chargé. J'ai tout organisé. Vous ne semblez pas avoir de tenue… de ville. Faire votre valise ne devrait pas vous prendre beaucoup de temps.

— Mais il faut que je trouve un logement pour papa et que je l'aide à déménager !

— Mon personnel va organiser tout ça à votre place. Vous avez posé vos conditions. Je les ai acceptées. A présent, j'ai besoin que vous veniez à Londres.

Lizzie réprima un soupir. Pourquoi une telle hâte ? Le côté autoritaire de Cesare la hérissait. Mais pouvait-elle se permettre de ruer dans les brancards ? L'arrangement étant conclu, il semblait logique que ce soit lui qui prenne en charge le déroulement des opérations.

— D'accord, mais je vais être obligée d'aller voir mon voisin pour lui demander de s'occuper du troupeau.

— Andrew Brook ?

— Oui.

— Pourquoi avez-vous rompu ?

Elle se raidit.

— C'est personnel.

Cesare crispa la mâchoire.

— Allons-y maintenant.

Lizzie laissa Archie endormi dans la Land Rover. Ce fut Esther qui ouvrit la porte et son air consterné la mortifia. Mais après tout, elle savait bien que l'échange de fiancées, effectué à la dernière minute par Andrew, avait été aussi humiliant pour Esther que pour elle. Sa liaison avec un homme fiancé avait valu à cette dernière la réprobation des villageois et certains l'ignoraient depuis le jour où la nouvelle de sa grossesse avait été connue.

Andrew se leva précipitamment de table. Lizzie fit les présentations, puis à sa grande surprise Cesare prit le relais.

— Lizzie et moi nous partons pour Londres ce soir. Nous allons nous marier, précisa-t-il. Lizzie voudrait savoir si vous accepteriez de prendre ses moutons.

Lizzie lut le soulagement sur le visage d'Esther. Quoi d'étonnant à ce qu'elle se réjouisse de la voir quitter la région ? Et comment lui en vouloir après la façon dont les gens l'avaient traitée ?

— C'est une surprise et ça se fête, déclara Andrew avec une sincérité manifeste. Je ne savais même pas que tu voyais quelqu'un, Lizzie.

On sortit une bouteille de vin de pêche fait maison. Beaucoup trop doux au goût de Cesare, mais il le but sans déplaisir tout en observant ses compagnons et en faisant des déductions intéressantes.

Andrew Brook semblait apprécier Lizzie, mais ça n'allait visiblement pas plus loin. Ses yeux ne brillaient que lorsqu'il regardait sa femme. Une jeune femme rondelette qui n'arrivait pas à la cheville de son ex-fiancée sur le plan de la beauté.

En revanche, impossible de deviner les sentiments de Lizzie. Elle participait à la conversation, mais semblait désireuse de partir dès que la politesse le lui permettrait.

— Allez-vous m'éclairer, à présent ? demanda-t-il alors qu'ils regagnaient la Land Rover.

Son accent italien était incroyablement sexy… *Quelle ironie qu'une telle pensée me traverse l'esprit !* songea aussitôt Lizzie avec dérision. Elle qui n'avait aucune expérience sexuelle et qui ne savait même pas exactement ce que « sexy » voulait dire…

Cette ignorance était au cœur de sa relation désastreuse avec Andrew. Quand elle avait découvert qu'elle n'aimait pas qu'il la touche, elle s'était dit que ses réactions évolueraient au fur et à mesure que leurs liens se resserreraient. Mais rien n'avait jamais changé entre eux.

— Andrew a eu une liaison avec Esther alors que nous étions fiancés, et elle est tombée enceinte. Nous avons rompu six semaines avant notre mariage et il l'a épousée un mois plus tard. Ils sont très heureux ensemble, conclut-elle d'un ton neutre. J'ai donc une robe de mariée toute neuve. Je vais l'emporter à Londres.

— Pas question ! refusa Cesare avec une véhémence qui le surprit lui-même. Je vais vous en acheter une autre.

— Mais c'est du gaspillage !

— Si nous voulons convaincre ma famille que c'est un vrai mariage, il vous faut une robe de grand couturier avec tous les accessoires habituels.

— Mais comment pourrions-nous avoir la moindre chance de les convaincre ? Vous et moi c'est le jour et la nuit ! Et nous venons tout juste de nous rencontrer…

— Ne vous inquiétez pas. Mon père est la seule personne à savoir quand et comment nous nous sommes rencontrés. Par ailleurs, à Londres vous allez bénéficier d'un changement de look complet. Quand j'en aurai terminé avec vous tout le monde croira à notre couple, *cara*.

— Et si je n'ai pas envie de changer de look ?

— Si vous voulez être convaincante dans le rôle pour lequel vous êtes payée, vous n'avez pas le choix, fit valoir Cesare d'une voix suave.

Elle protestait pour la forme, mais en réalité elle avait très envie de changer de look, songea-t-il avec une pointe d'amertume. Elle était prête à faire n'importe quoi pour de l'argent. Ne l'avait-elle pas prouvé ? Elle avait même accepté d'avoir un enfant avec lui. Parce qu'elle voulait un enfant, disait-elle. Mais n'était-ce pas avant tout pour pouvoir lui vendre l'île et toucher encore plus d'argent ? Certes, il était lui-même prêt à devenir père pour pouvoir acheter Lionos… Mais il avait également d'autres motivations, beaucoup plus nobles.

A quoi bon travailler comme il le faisait s'il n'avait pas d'héritier pour lui succéder ? Quelle meilleure solution pour avoir un enfant à qui léguer son empire ? Il avait vu trop de mariages se terminer dans l'amertume et le chaos d'un divorce. Il avait trop souvent entendu parler d'enfants traumatisés par la séparation de leurs parents. Le testament lui permettait d'échapper à ce genre de naufrage *et* à l'obligation de se lier « pour toute la vie » à une seule femme. Un mariage d'intérêt et un enfant né avant un divorce serein et civilisé, voilà qui lui convenait parfaitement.

De la réponse de Cesare, une seule expression s'imprima dans l'esprit de Lizzie. « Le rôle pour lequel vous êtes payée. » Un rappel désagréable, mais dont elle était bien obligée de tenir compte… Mais bon, d'ici quelque temps il n'aurait plus besoin d'elle et elle pourrait reprendre sa vie. Et, avec un peu de chance, ce serait une vie illuminée par le bonheur d'être mère. Peut-être pourrait-elle trouver une formation et un logement près de chez Chrissie. Non, c'était sans doute une mauvaise idée. Après tout, Chrissie avait le droit de vivre sa vie elle aussi, sans avoir sa grande sœur sur le dos…

— Attendez un instant, dit Cesare alors qu'ils venaient de descendre de voiture.

Perplexe, elle s'immobilisa devant la porte de la maison. Lorsqu'il la prit dans ses bras, elle fut si stupéfaite qu'elle ne réagit pas. Il lui prit le visage à deux mains et elle rencontra le regard étincelant de ses yeux dorés, tandis qu'un parfum frais et subtil assaillait ses narines. Un délicieux mélange de notes d'agrumes et d'odeur masculine… Elle était en train de se demander pourquoi elle le trouvait aussi agréable quand Cesare se pencha vers elle et l'embrassa. Le souffle coupé, elle sentit son cœur bondir dans sa poitrine puis s'emballer comme si elle était sur des montagnes russes. Cesare lécha sa lèvre inférieure du bout de la langue et elle vacilla sur ses jambes, submergée par des sensations inouïes. Les pointes de ses seins se hérissèrent, tandis qu'une chaleur liquide se répandait entre ses cuisses. La bouche de Cesare se fit plus pressante et elle pencha la tête en arrière tandis que ses lèvres s'entrouvraient d'elles-mêmes. Il approfondit son baiser tout en la plaquant contre lui, une main au creux de ses reins. Malgré leurs vêtements, elle sentit contre son ventre sa virilité pleinement éveillée. Prise de panique elle le repoussa des deux mains, et à son grand soulagement, il la lâcha aussitôt.

— Ne recommencez plus jamais, dit-elle d'une voix hachée en s'efforçant d'ignorer la frustration qui s'emparait d'elle. Qu'est-ce qui vous a pris ? Je n'aime pas qu'on me touche.

Ça, j'ai du mal à le croire ! Cette bouche offerte, ce corps frémissant contre le sien… Incrédule, Cesare avait du mal à réprimer le désir qui le consumait. Il n'avait pas l'intention de coucher avec cette femme, se rappela-t-il fermement. Elle ne voulait pas et il avait décidé que c'était beaucoup mieux comme ça. Malheureusement, son corps n'était pas d'accord avec son cerveau... Mais après tout, c'était un problème facile à régler. Il pouvait toujours compter sur Celine. L'arrangement conclu avec Lizzie était parfait. Pourquoi compliquer la situation en couchant avec elle ? Ce serait stupide. Elle risquerait de se faire des idées et de prendre leur mariage au sérieux.

— Si nous voulons convaincre les gens que nous sommes un vrai couple, nous devons être capables de nous comporter comme tel. Du moins, de temps en temps.

— Alors c'était juste un test ? demanda-t-elle avec un soulagement manifeste.

— Oui, et vous l'avez brillamment réussi, *bella mia,* répliqua-t-il en s'efforçant de chasser de son esprit des scènes érotiques dans lesquelles elle tenait la vedette.

Deux heures plus tard, Lizzie était assise sur la banquette arrière d'une limousine. Sa valise était rangée dans le coffre, Archie dormait sur ses genoux et Cesare travaillait sur son ordinateur portable à côté d'elle. Le souvenir de leur baiser la poursuivait. Quelle était cette étincelle magique qui avait manqué à Andrew ? Etait-ce vraiment juste une question d'affinités ? Elle était en proie à une frustration tout à fait inhabituelle. Il y avait eu très peu d'hommes dans sa vie. Peu de baisers et elle était encore vierge. Andrew était jeune, séduisant et elle l'aimait. Pourtant, il ne lui avait jamais inspiré que de la répulsion. Alors qu'il avait suffi à Cesare de l'embrasser pour déclencher dans tout son corps des sensations extraordinaires qu'elle n'avait jamais éprouvées auparavant. Et, à présent, pour la première fois de sa vie, elle ne pouvait s'empêcher de jeter des coups d'œil sur la cuisse masculine proche de la sienne et de se demander à quoi ressemblait un homme nu…

Les joues en feu, Lizzie fixa son attention sur Archie. Ce n'était que de la curiosité. Stupide et immature, sans doute, mais il n'y avait pas de quoi s'inquiéter. Après tout, il n'allait rien se passer avec Cesare. Quant à ce moment de panique dans ses bras… pour un baiser, elle craignait de tomber amoureuse aussi facilement que le faisait sa mère autrefois ? Non, elle était beaucoup trop sensée pour ça. Cesare était autoritaire et arrogant, ce qui la hérissait. Et, comme beaucoup d'hommes séduisants, c'était sans doute un séducteur. Il n'avait vraiment rien pour lui plaire…

Elle n'est pas du tout mon genre, songea Cesare avec satisfaction. Ce baiser brûlant ne changeait rien au fait qu'elle s'habillait comme une clocharde et qu'elle n'était absolument pas féminine.

4.

Le changement de look fut pour Lizzie une expérience inoubliable.

Sa métamorphose était totale et elle se sentait incroyablement mieux dans sa peau. Quel plaisir d'être débarrassée de sa teinture châtain ! Elle pouvait enfin se regarder dans un miroir sans penser à Andrew et à tous les mauvais souvenirs qui se rattachaient à lui. Mais le plus impressionnant, c'était peut-être la manucure. Jamais elle n'aurait imaginé que des soins et la pose de faux ongles pourraient transformer à ce point ses mains abîmées par les travaux de la ferme.

Pas de doute, elle se sentait une nouvelle femme. Pleine d'assurance et très différente de celle qui avait franchi à reculons les portes de l'institut de beauté.

Comment Cesare allait-il la trouver ? Avant ce changement de look il aurait sans doute eu honte de se montrer en public avec elle, et cette idée était très humiliante. De là à avoir envie de lui plaire… Ce serait ridicule. Elle était transformée, elle en était ravie et elle ferait bien de savourer cette sensation sans se poser trop de questions. A présent qu'elle était sur son trente et un, elle se sentait un peu plus à l'aise pour affronter l'enterrement de vie de jeune fille qui l'attendait et c'était l'essentiel. Même si sa sœur allait lui manquer.

Malheureusement, Chrissie avait un examen le

lendemain et elle ne pouvait pas se permettre de sortir. Dommage… Les sœurs de Cesare avaient beau être très chaleureuses, c'étaient encore des étrangères. Et, surtout, elles croyaient que leur frère et elle se mariaient parce qu'ils étaient amoureux…

— C'est vrai ? Tu n'es pas enceinte ? s'exclama Sofia, la plus jeune demi-sœur de Cesare, alors que Lizzie buvait un cocktail à la vodka. Cesare nous l'avait dit, mais nous ne l'avions pas cru.

— Fais comme si tu n'avais rien entendu, s'excusa Paola, l'aînée des trois sœurs, mariée, enseignante et un peu moins exubérante que les deux autres, célibataires et toujours prêtes à s'amuser. Je suis désolée, Lizzie.

Lizzie s'efforça d'arborer un sourire serein.

— Ce n'est rien. Je ne suis pas offensée. Je comprends que vous soyez surprises que votre frère se marie aussi précipitamment.

— D'autant plus que nous étions persuadées qu'il ne se marierait jamais ! reconnut franchement Maurizia, la troisième demi-sœur de Cesare.

— De toute évidence, il est fou de toi !

Sofia gloussa.

— C'est la seule explication possible. Quand je lui ai envoyé une photo de toi dans cette nouvelle robe, il m'a aussitôt répondu qu'il voulait que tu restes à la maison et que de toute façon il n'y avait aucune raison d'organiser un cnterrement de vie de jeune fille.

Etant donné que leur mariage ne serait qu'un simulacre, il n'y avait en effet aucune raison, songea Lizzie le cœur serré en buvant une autre gorgée de cocktail pour masquer son embarras. Elle avait de plus en plus de scrupules à jouer la comédie aux sœurs de Cesare et à sa belle-mère, Ottavia, qui était aussi cordiale que ses filles et qui croyait comme elles à un mariage d'amour.

Voilà pourquoi elle avait tendance à trop boire ce soir… Cette situation la stressait. Alors que Cesare, de son côté, n'avait pas eu à faire trop d'efforts pour donner le change, songea-t-elle avec une pointe de ressentiment. Après l'avoir laissée avec sa famille dans son somptueux hôtel particulier, et avant de partir à New York pour une affaire urgente, il s'était réfugié dans son appartement londonien.

Visiblement c'était son habitude à chaque visite de sa famille, qui ne s'en formalisait pas. Ses sœurs et sa belle-mère disaient en plaisantant qu'il avait toujours eu besoin d'espace et qu'il évitait tout ce qui risquait de le distraire de ses affaires. Pour sa part, elle trouvait ça triste, mais par délicatesse elle s'était bien gardée de le dire.

Cesare possédait visiblement une immense fortune. Malgré la limousine avec chauffeur et l'hélicoptère, elle ne se doutait pas que son faux futur mari était riche à ce point. Jamais elle n'aurait pu imaginer qu'un jour elle voyagerait en jet privé ni qu'elle logerait dans une immense maison de dix chambres avec salle de bains, située au cœur de Londres et tenue par une armée de domestiques… Abasourdie, elle avait fait ce qu'elle aurait dû faire une semaine plus tôt. Une recherche sur Internet lui avait appris qu'il était à la tête d'un empire pharmaceutique et qu'il appartenait à la catégorie des milliardaires plutôt qu'à celle des multimillionnaires.

Le choc culturel ne s'était pas limité à cette découverte. Il y avait eu également l'accueil chaleureux de sa famille, puis deux jours de shopping en compagnie de ses sœurs, suivis par un changement de look radical. Pas étonnant qu'elle soit déstabilisée et qu'elle éprouve le besoin de se détendre ! D'autant plus qu'elle ne pourrait même pas dire depuis combien d'années elle n'avait pas eu l'occasion de sortir et de boire des verres en bonne compagnie…

Dans son jet Cesare consultait sa montre avec fébrilité, impatient d'atterrir. Il agrandit la photo affichée sur sa tablette et l'étudia pour la énième fois avec la même incrédulité.

Je t'interdis d'emmener Lizzie dans un club, habillée de cette manière !

Il avait envoyé ce texto à sa demi-sœur Maurizia avec un mélange de colère, de frustration et d'inquiétude qui le perturbait au plus haut point. Fasciné, il ne parvenait pas à détacher ses yeux de la photo. Lizzie, souriante comme il ne l'avait jamais vue, était moulée dans une minirobe vert émeraude à fines bretelles et chaussée de talons aiguilles vertigineux qui soulignaient le galbe admirable de ses jambes. Une baguette magique avait métamorphosé la clocharde… Elle était sublime.

A présent que sa beauté naturelle avait été mise en évidence, elle allait éclipser toutes les femmes autour d'elle. Sa superbe crinière avait retrouvé sa couleur naturelle *sans* être coupée, conformément à ses instructions. Ses boucles cendrées ruisselaient sur ses épaules, encadrant son visage délicat aux grands yeux verts et à la bouche pulpeuse.

Cesare jura à mi-voix. De quoi se mêlaient ses sœurs ? Cette soirée entre filles était une idée stupide ! Lizzie dans un club londonien… Elle n'était pas du tout armée pour ce genre d'expérience. Et maintenant il était obligé de voler à son secours !

*
* *

— Tu n'es pas censé être ici… C'est *sa* soirée ! protesta une de ses sœurs quand il s'immobilisa devant leur table.

— Où est-elle ? demanda-t-il en scrutant la piste de danse.

Le foudroyant du regard, Sofia lui indiqua d'un geste réticent l'endroit où se trouvait Lizzie.

— Ne gâche pas sa soirée. Il faut bien qu'elle s'amuse !

Cesare écarquilla les yeux. Sa future épouse, une écharpe rose portant l'inscription « Future Mariée » en travers du buste, se déhanchait au rythme de la musique, les bras en l'air, au milieu de la foule des danseurs. Echevelée, elle semblait perdue dans son propre monde… Et, tout près d'elle, deux hommes essayaient d'attirer son attention ! Cesare fut submergé par une colère noire. Au même instant, elle s'arrêta de danser et vacilla sur ses talons aiguilles. Avec un rugissement de fureur, il s'élança vers la piste en ignorant les mines ébahies de ses sœurs et saisit Lizzie par les épaules pour l'empêcher de perdre l'équilibre.

— Cesare ! s'exclama-t-elle avec un sourire ravi.

Comme il était beau ! Incroyablement beau dans cette lumière intermittente qui sculptait ses traits et faisait ressortir ses yeux dorés… Quel plaisir de le voir ! Enfin une image rassurante et familière dans cet univers si nouveau et si déstabilisant. Elle faillit succomber à l'envie de le serrer dans ses bras, puis elle se rappela in extremis que ce genre d'effusion ne faisait pas partie de leur arrangement.

— Tu es ivre, dit-il en détachant les syllabes pour se faire comprendre malgré la musique assourdissante.

— Pas du tout !

— Si.

— Non !

— Je te ramène à la maison.

— Non ! Je n'ai pas envie de rentrer !

Elle ne comprit pas ce qu'il répondit et vit juste ses yeux lancer des éclairs. Puis, avant qu'elle ait le temps de réagir, il la prit dans ses bras et la souleva de terre.

— Je crois que nous rentrons à la maison, annonça-t-elle à ses sœurs lorsqu'il fit une pause devant leur table.

— Vous n'avez pas veillé sur elle ! lança-t-il à celles-ci d'un ton accusateur.

— Tu me prends pour une gamine ? demanda-t-elle en levant les yeux vers lui.

La barbe naissante qui recouvrait sa mâchoire lui donnait l'air encore plus viril, constata-t-elle. Elle mettait également en valeur sa bouche sensuelle. A propos, il embrassait comme un dieu… Allait-il bientôt recommencer ?

— Tu ne crois pas que nous devrions nous embrasser pour que tes sœurs soient bien sûres que nous sommes un vrai couple ? suggéra-t-elle avec un sourire charmeur.

— Si nous étions un vrai couple, je t'étranglerais, *cara*. Je te laisse seule pendant trois jours et quand je reviens je te retrouve en train de faire la folle sur une piste de danse, complètement ivre.

— *Pas* ivre.

Cesare roula les yeux et la déposa sans ménagement sur la banquette arrière de la limousine.

— Renverse-toi contre le dossier et allonge les jambes avant de t'écrouler.

— Ce que tu peux être suffisant, répliqua-t-elle avec une moue réprobatrice.

Puis elle ferma lcs yeux parce que l'intérieur de la limousine avait tendance à gondoler autour d'elle d'une manière très étrange.

Cesare réprima un soupir. Avec un peu de chance ce genre de comportement resterait exceptionnel. Après tout, comment lui en vouloir d'avoir envie de s'amuser ?

Il n'était pas difficile d'imaginer ce qu'avait été sa vie dans cette ferme en compagnie de ce père râleur, toujours derrière elle à la houspiller. Quelle chance il avait eu d'avoir un père comme Goffredo, qui voyait tout en rose ! Jamais il n'en avait eu réellement conscience auparavant.

— Tu as envie de m'embrasser ? demanda Lizzie en rouvrant les yeux.

Il considéra avec perplexité son sourire mutin.

— Tu as envie que je t'embrasse ?

Elle s'empourpra.

— Tu n'es pas censé poser cette question.

— Tu voudrais que je me conduise comme un homme des cavernes ?

Lizzie réfléchit. Elle avait trouvé très agréable qu'il la porte jusqu'à la voiture. Etait-ce anormal ? Tiendrait-elle de sa mère ? Cette idée la mortifia.

— On en reparlera quand tu auras dessoûlé et que tu sauras ce que tu fais, ajouta Cesare à sa grande frustration.

— Tu crois que pour avoir envie de t'embrasser il faut que je sois ivre ?

Cesare réprima un grognement. Pour être très honnête, il n'aurait pas besoin de beaucoup d'encouragements pour la renverser sur la banquette et profiter honteusement de la situation…

— Nous avons conclu un arrangement, rappela-t-il en s'efforçant d'ignorer l'éveil de sa virilité.

Elle battit des cils.

— Je suis ouverte à la négociation.

— Non. Il n'est pas question de négocier quoi que ce soit ce soir.

Etait-ce mal de vouloir vivre juste une fois ce que les autres femmes vivaient couramment ? se demanda-t-elle, les joues en feu. Elle avait toujours eu envie d'être normale, de se sentir normale… Et ce baiser qu'il lui avait donné était si… Envahie par une douce chaleur, elle ferma les paupières.

Lizzie s'était assoupie, constata Cesare avec soulagement. Désormais il veillerait à ce qu'elle ne s'enivre plus. Ce serait moins frustrant que de résister à ses avances pour lui éviter d'avoir des regrets cuisants par la suite… A moins qu'il se trompe ? Peut-être n'éprouverait-elle aucun regret si elle couchait avec lui. Après tout c'était une femme sans scrupule, prête à tout pour avoir de l'argent. Pas étonnant qu'elle soit euphorique après l'orgie de shopping et de soins esthétiques dont elle avait bénéficié ces derniers jours…

Cesare soupira. Se conduire comme un saint n'était pas dans ses habitudes. Il n'avait qu'une envie. Se jeter sur elle avec la délicatesse d'un marin en permission et la tenir éveillée toute la nuit… Au lieu de ça, il allait sans doute être obligé de passer une bonne partie de la nuit sous une douche froide. Il aurait dû voir Celine plus souvent, ces derniers temps. C'était sûrement le manque qui le mettait dans cet état.

Lizzie se réveilla dans le hall de l'hôtel particulier, soutenue par Cesare qui la portait à moitié. Au même instant, Goffredo et Ottavia apparurent sur le seuil du salon.

— Vos filles sont toujours au club, annonça Cesare. Lizzie s'endormait, alors je l'ai raccompagnée plus tôt.

— Cesare est un trouble-fête, déclara-t-elle la langue pâteuse.

Goffredo eut un large sourire, Ottavia pouffa, puis ils disparurent dans le salon. Au pied de l'escalier, Cesare renonça à faire comme si Lizzie était capable de marcher et il la souleva de terre.

— J'aime quand tu fais ça… C'est très… viril.

— Heureusement que tu n'es pas lourde, commenta-t-il en arrivant sur le palier.

Prise d'une nausée soudaine, elle mit la main devant sa bouche.

— Oh…

Cesare se précipita dans la chambre la plus proche et déposa Lizzie dans la salle de bains avant de s'occuper d'elle avec une patience exemplaire. Il retint ses cheveux pendant qu'elle vomissait, puis il lui donna un gant humide, et enfin il sortit de son emballage une brosse à dents neuve. Il la lui tendit en ignorant poliment ses excuses réitérées. Lorsqu'elle se révéla incapable de se relever, il lui enleva ses chaussures et la soutint jusqu'au lavabo.

— Ce n'est pas dans mes habitudes, déclara-t-elle après s'être abondamment rincé la bouche.

— J'espère bien, *bellezza mia.*

— Qu'est-ce que ça veut dire ? Ces mots en italien ?

— Ma beauté.

— Mais c'est un mensonge éhonté ! protesta-t-elle en étudiant son reflet avec consternation.

Le travail remarquable de l'esthéticienne et de la coiffeuse était totalement détruit. Le mascara coulait de ses yeux larmoyants, laissant des traînées noires sur ses joues écarlates. Quant à ses cheveux, ils étaient tout ébouriffés…

— Il faut que tu t'allonges, décréta Cesare en la soulevant de terre une fois de plus, ce qui eut pour effet de faire tournoyer la salle de bains, puis la chambre, autour d'elle.

Lorsqu'il l'eut déposée sur le lit, elle resta parfaitement immobile de crainte que tout recommence à tourner.

— Où est Archie ? Je veux Archie.

— Archie reste au rez-de-chaussée.

C'était la règle énoncée par Primo, l'imperturbable maître d'hôtel de Cesare, le jour de l'arrivée de Lizzie.

— Mais c'est cruel… Il dort toujours avec moi.

Cesare réprima un grognement de désespoir. Il n'avait aucune envie de discuter. La voir allongée sur ce lit dans cette robe qui ne cachait pratiquement rien de ses cuisses était une véritable torture…

— Si Archie ne peut pas me tenir compagnie, il faut que ce soit toi, ajouta-t-elle sur le même ton plaintif. Allonge-toi près de moi.

Il décrocha le téléphone intérieur et donna un ordre lapidaire. Une minute plus tard, Primo arriva avec le chien. Cesare saisit ce dernier et le déposa sur le lit, où il se roula en boule aux pieds de Lizzie.

— Tu devrais enlever tes vêtements et te coucher pour de bon, conseilla-t-il. Tu ne peux pas dormir tout habillée sur les couvertures.

— Pourquoi pas ?

Avec un soupir exaspéré, il se mit à genoux à côté de Lizzie pour baisser la fermeture Eclair de sa robe.

— Que fais-tu ? murmura-t-elle avec une curiosité manifeste, tandis qu'il faisait glisser les fines bretelles sur ses épaules.

— Je te déshabille pour que tu sois plus à l'aise.

Ils avaient conclu un arrangement. Un arrangement. Ils avaient conclu un arrangement, se répéta-t-il en lui enlevant sa robe. Il ne voyait rien. Rien du tout… Malgré tous ses efforts, son regard était irrésistiblement attiré par les seins étonnamment ronds et pleins de Lizzie, recouverts de dentelle turquoise qui laissait apparaître deux bourgeons rose pâle. Lorsque son regard glissa vers la culotte aussi transparente que le soutien-gorge, il rabattit le drap sur Lizzie d'un geste si brusque qu'elle roula sur le côté, arrachant un gémissement de protestation à Archie, qui se retrouva sous le drap. Les yeux fermés, elle tendit une main hésitante. Le lit tournoyait à son tour, elle se sentait perdue et elle avait de nouveau mal au cœur.

— Où vas-tu ?

Cesare soupira. Après avoir passé une grande partie de la journée à voyager avant de se précipiter au club pour récupérer Lizzie, il était épuisé. Malgré tout, pouvait-il la laisser seule ? Ne risquait-elle pas de tomber du lit ? De se relever et d'errer dans la maison ? D'avoir un accident ? De se tromper de chambre ? Et si elle était de nouveau malade ?

— Nulle part.

Il se déshabilla et s'allongea en caleçon à côté d'elle.

Lizzie se réveilla au milieu de la nuit avec une soif épouvantable. Elle s'assit avec précaution au bord du lit et fut aussitôt prise de vertige. Son ivresse s'étant dissipée, elle était assez lucide pour se maudire. Quelle idiote ! Que lui avait-il pris de boire tous ces cocktails alors qu'elle n'avait pratiquement rien mangé de la journée ?

Réprimant un grognement irrité, elle chercha à tâtons l'interrupteur de la lampe de chevet. Une fois la lumière allumée, elle ne reconnut pas le décor et arqua les sourcils avec perplexité. Pourquoi n'était-elle pas dans sa chambre ? Elle promena son regard autour d'elle et tressaillit à la vue de Cesare, allongé presque nu à côté d'elle, sur le drap. Sa peau hâlée mettait en valeur la musculature parfaite de son torse puissant et de son ventre plat. Une longue cuisse recouverte de poils noirs était en partie repliée, tandis que l'autre reposait à plat. Il était sublime et la barbe qui ombrait sa mâchoire ajoutait encore à sa virilité.

Lizzie déglutit péniblement alors que des souvenirs confus lui revenaient en mémoire. Elle lui avait demandé s'il avait envie de l'embrasser… Et elle avait même insisté lourdement. Au comble de l'humiliation, elle se leva et gagna la salle de bains. Lui avait-elle également demandé de rester avec elle ? Elle réprima un gémissement. C'était d'autant plus ridicule que cette chambre était visiblement la sienne et qu'il avait dû l'y amener parce que c'était la plus proche au moment où elle avait été malade.

Dire qu'il l'avait vue en culotte et soutien-gorge ! Mais il était vrai que ç'aurait pu être pire. Il aurait pu la déshabiller complètement… En proie à une migraine lancinante, elle but des litres d'eau froide avant de se débarbouiller du mieux qu'elle put sans ses affaires de toilette. Elle quitta ensuite la salle de bains à la recherche de quelque chose à se mettre pour sortir dans le couloir et rejoindre sa chambre. Avec mille précautions, elle ouvrit la porte d'un immense dressing et trouva une chemise blanche dans une penderie. Son soutien-gorge lui rentrait dans les côtes. Elle le dégrafa et l'enleva, puis ôta également sa culotte avant de rouler les manches de la chemise et de la boutonner.

La proximité de Cesare la déstabilisait au plus haut point. Mais après tout, ça n'avait rien d'étonnant. Elle n'avait plus fréquenté un seul homme depuis Andrew, et avant lui il n'y avait eu que quelques flirts sans intérêt. Ces derniers temps elle n'avait ni l'occasion ni les moyens de sortir, si bien qu'elle n'avait pratiquement jamais quitté la ferme. Les sœurs de Cesare étaient si sympathiques et si joyeuses qu'elle avait savouré la soirée sans faire attention à ce qu'elle buvait. Une fois ivre, il avait suffi que Cesare surgisse sur la piste et la soulève de terre pour qu'elle soit subjuguée. Quoi de plus normal ? Ça signifiait juste qu'elle était une femme normalement constituée. Pas qu'elle avait envie qu'il se passe quelque chose entre eux…

Elle s'approcha du lit, hésitante. Comment faire pour récupérer Archie sous le drap sans réveiller Cesare ?

— Que fais-tu ? demanda ce dernier d'une voix rauque lorsqu'elle tira sur le drap.

Clignant les paupières, il consulta sa montre.

— *Inferno !* Il est 3 heures !

— Il vaut mieux que je retourne dans ma chambre.

— Non, tu vas réveiller toute la maison. Reste ici et rendors-toi.

Sur ces mots, Cesare se retourna sur le côté avec une indifférence qui la hérissa.

Risquait-elle vraiment de réveiller quelqu'un ? Réprimant un soupir, elle éteignit la lumière et se glissa sous le drap.

La pâle lumière de l'aube filtrait à travers les stores lorsqu'elle se réveilla de nouveau. Sa migraine avait disparu, mais elle avait horriblement chaud… parce qu'un bras était refermé autour de sa taille, la tenant étroitement serrée contre un autre corps. Un corps dont la virilité était pleinement éveillée… Une chaleur d'un tout autre genre se répandit entre les cuisses de Lizzie. Elle se retourna et rencontra le regard de deux yeux bruns pailletés d'or.

— Tu as le sommeil très agité, *cara mia,* murmura Cesare. J'ai été obligé de t'immobiliser.

— Oh…

Elle réprima un frisson, envoûtée par sa voix profonde à l'accent chantant.

— Archie, en revanche, dort comme une souche et il ne bouge pas du tout. C'est la première fois que j'ai un chien dans mon lit

— Il y a un début à tout.

— Première et *dernière.* Malheureusement, tu ne voulais pas te coucher sans lui, cette nuit.

Elle sentit ses joues s'enflammer.

— Je suis désolée d'avoir trop bu. J'ai été très pénible ?

De longs doigts fins caressèrent sa cage thoracique et elle fut parcourue de longs frissons.

— Non, tu étais joviale et détendue. Jusqu'à ce que l'alcool te rende malade.

Elle déglutit péniblement, tandis que les pointes de ses seins se hérissaient et que la chaleur s'intensifiait entre ses cuisses.

— Je n'ai pas l'habitude de boire comme ça, dit-elle d'une voix hachée.

Cesare eut un sourire malicieux qui décupla son trouble.

— Fais en sorte que ça ne devienne pas une habitude.

— Bien sûr…

Cesare, qui avait pour habitude de tout planifier dans les moindres détails, n'avait pas prévu d'embrasser Lizzie. Ayant pris la décision de ne pas la toucher, il ne doutait pas qu'il s'y tiendrait. Même s'il mourait d'envie de se jeter sur elle pour lui faire l'amour sauvagement, il avait confiance en sa capacité à rester maître de lui-même en toutes circonstances. Un imperceptible mouvement de hanches fit voler sa volonté en éclats.

Hypnotisée par les yeux mordorés plongés dans les siens, Lizzie n'eut pas le temps de deviner l'intention de Cesare avant qu'il s'empare de sa bouche dans un baiser vorace. Grisée, elle y répondit aussitôt avec ardeur. Il glissa la main sous sa chemise et caressa un sein, puis l'autre, pinçant délicatement entre ses doigts leurs pointes durcies. Transpercée par mille petites flèches de plaisir, elle laissa échapper un gémissement étranglé tandis que ses reins se creusaient d'eux-mêmes.

La main de Cesare quitta son sein, effleura son ventre et se glissa entre ses cuisses. Lorsque ses doigts commencèrent à explorer son sexe, elle crut défaillir. Elle s'arracha à sa bouche pour libérer le cri qui montait de sa gorge et enfonça les doigts dans ses cheveux. De sa main libre il déchira les boutons de la chemise et dénuda un sein. Il referma les lèvres sur le bourgeon rose pâle et l'aspira goulûment, le léchant et le mordillant tour à tour sans interrompre ses caresses diaboliques. Submergée par des sensations inouïes, Lizzie ne s'appartenait plus.

— J'aime l'ardeur avec laquelle tu réagis, *mi piace*, murmura-t-il en quittant un sein pour se pencher sur l'autre.

Elle était incapable de parler ou de penser et elle parvenait tout juste à respirer. Plus rien n'existait que le pouvoir magique des lèvres et des doigts de Cesare sur son corps. Il quitta ses seins pour tracer un sillon de baisers jusqu'au cœur de sa féminité, qu'il honora à pleine bouche avec une habileté consommée. Un plaisir inconnu, imminent et fuyant à la fois, montait en elle. Soudain il la submergea, si intense qu'il lui coupa le souffle.

Toujours brûlant de désir et furieux contre lui-même, Cesare bondit hors du lit les poings crispés. Que lui avait-il pris ? Il n'aurait jamais dû la toucher. Ils avaient conclu un arrangement, bon sang ! Ils contracteraient bientôt un mariage d'intérêt. Ils n'étaient pas amants ni même amis. Dès qu'on couchait avec elles, les femmes avaient tendance à se faire des idées, à mélanger sexe et sentiments. Il fallait éviter à tout prix ce genre de complications. Sinon il risquait de se retrouver beaucoup plus marié qu'il n'en avait l'intention…

Plongée dans une douce euphorie, Lizzie ferma les yeux et savoura longuement les ondes de plaisir qui continuaient de la parcourir. Elle ne rouvrit les yeux que lorsqu'une sonnerie de téléphone troubla sa béatitude. La sonnerie s'arrêta et une voix masculine répondit en italien. A travers ses cils elle vit Cesare qui arpentait la pièce, le portable vissé à l'oreille. Il portait toujours son caleçon et l'éveil de sa virilité était flagrant. Elle sentit tout son visage s'enflammer.

— Tu veux prendre ta douche la première ? demanda-t-il en jetant le portable sur le lit.

Cette question prosaïque décupla sa confusion et elle rabattit précipitamment les pans de la chemise pour se couvrir avant de s'asseoir.

— Je vais retourner dans ma chambre.

Elle se leva tant bien que mal et récupéra Archie sous le drap.

— Nous avons commis une erreur qui ne se renouvellera pas, murmura Cesare, le visage fermé.

Tenant Archie sous un bras, elle s'efforça de ramasser ses vêtements de l'autre.

— C'est tout ce que tu as à dire ?

— C'était purement sexuel… il n'y a pas de quoi se prendre la tête, rétorqua-t-il sur un ton qui lui fit l'effet d'une douche glacée. On se voit en bas dans une heure. J'ai des papiers à te faire signer avant de partir.

— Tu repars ? s'exclama-t-elle, stupéfaite, tout en luttant contre la colère qui s'emparait d'elle.

— Il reste quarante-huit heures avant le mariage et j'ai l'intention d'en faire bon usage.

« C'était purement sexuel… pas de quoi se prendre la tête. » Sous la douche, Lizzie rumina ce commentaire dédaigneux. Non, elle n'était pas blessée. Pas le moins du monde. « Une erreur qui ne se renouvellera pas. » N'était-ce pas ce qu'elle pensait elle aussi ? Il valait beaucoup mieux qu'ils gardent leurs distances. C'était plus raisonnable. Alors si elle se sentait un peu froissée et ridicule, c'était sa faute. Elle n'avait qu'à pas se conduire comme une idiote.

Et si elle ne pouvait s'empêcher de se sentir plus

proche de lui qu'avant, c'était uniquement parce qu'elle n'avait jamais eu de relations aussi intimes avec aucun autre homme. Mais ça, c'était un secret à ne pas dévoiler...

5.

Vêtue d'un corsaire et d'un pull en cachemire lilas, chaussée de ballerines et légèrement maquillée, Lizzie n'avait plus rien de commun avec la femme qu'elle était encore une semaine plus tôt.

Bien sûr, elle disposait à présent d'un imposant dressing, garni d'une multitude de tenues adaptées à toutes les circonstances imaginables. Cependant, elle ne mettrait probablement jamais la plupart d'entre elles. Il n'y avait aucune chance que Cesare l'emmène faire du voilier ni dans des réceptions où la tenue de soirée était de rigueur. Cette garde-robe était du gaspillage, mais elle avait pu constater que lorsque Cesare donnait des instructions à son personnel, celles-ci étaient suivies à la lettre.

Pour sa part, après avoir passé sa vie à compter le moindre penny, elle ne pouvait s'empêcher de trouver ces dépenses extravagantes et d'avoir mauvaise conscience. Prendre son petit déjeuner au lit la culpabilisait également, même si elle était extrêmement soulagée d'échapper à un tête-à-tête avec Cesare…

Pour la énième fois, elle sentit ses joues s'enflammer au souvenir de ce qui s'était passé pendant la nuit. Parviendrait-elle un jour à oublier qu'il lui avait fait perdre toute retenue et qu'elle avait crié de plaisir sous ses caresses ? Rien n'était moins certain. Mais le fait qu'ils ne soient pas allés jusqu'à faire l'amour lui permettrait sans doute de reprendre plus facilement ses distances avec lui. Elle n'était pas une femme sensuelle. Elle ne l'avait jamais été. Ce faux pas était dû à l'alcool et à la curiosité.

Elle ne ressemblait pas à sa mère. S'enticher de tous les hommes qui passaient n'était pas du tout son genre. Pendant des années il n'y avait eu qu'Andrew dans sa vie, ce qui avait rendu l'échec de leur relation encore plus difficile à surmonter. La déception avait été à la hauteur des espoirs qu'elle avait placés dans leur couple.

Le plus humiliant, c'était d'avoir été aussi attirée par un homme comme Cesare Sabatino, qui n'avait aucun respect pour elle, alors qu'elle n'avait jamais éprouvé le moindre désir pour Andrew, qu'elle aimait. Cesare se moquait éperdument de ce qu'elle pouvait penser ou ressentir. Il avait juste décidé de se servir d'elle pour récupérer l'île de Lionos.

— M. Sabatino est dans le bureau au bout du couloir, annonça Primo lorsqu'elle arriva en bas du grand escalier.

Elle trouva la porte entrouverte et, en proie à une gêne insurmontable, elle entra sans frapper.

Cesare leva la tête de son écran, esquissa un sourire poli et se leva. Son regard fut attiré par les courbes gracieuses révélées par la tenue de Lizzie, et des images de son corps nu ondulant de plaisir s'imposèrent aussitôt à lui. Transpercé par une flèche de désir, il serra les dents. Bon sang, la frustration allait finir par le rendre fou !

La dernière fois qu'il avait appelé Celine, il avait pris conscience d'un problème imprévu. Sachant qu'il allait se marier, Celine ne voulait plus être vue en sa compagnie. Elle tenait à préserver sa réputation parce que les clients qui la payaient généreusement pour faire la publicité de leur parfum prestigieux étaient très conservateurs. Il comprenait parfaitement qu'elle donne la priorité à sa carrière, bien sûr. Mais de son côté, il se retrouvait dans une situation épineuse. Pendant quelques mois il allait être marié sans l'être vraiment. Comment allait-il tenir ? Depuis l'adolescence, il n'avait jamais passé plus de deux semaines d'affilée sans sexe. Allait-il être obligé de se cacher ? S'il était vu en compagnie d'une autre femme que son épouse, cela laisserait planer un doute sur l'authenticité de leur mariage. Or c'était un risque qu'il ne pouvait pas se permettre de prendre. Que ça lui plaise ou non, Lizzie était sa seule option pour les prochains mois.

— Tu es splendide, *cara,* dit-il avec sincérité en lui avançant une chaise.

Il sentit des effluves de son parfum au jasmin et le souvenir des réactions volcaniques qu'avaient déclenchées ses caresses s'imposa de nouveau à lui. N'importe quel homme serait marqué par un tempérament aussi ardent, se dit-il en serrant les dents. Surtout s'il était en manque…

— Merci, mais c'est dû au maquillage et aux vêtements, répliqua-t-elle en s'efforçant de ne pas humer ostensiblement le parfum citronné qui assaillait ses narines. Ce n'est pas vraiment moi.

Les joues en feu, elle s'assit très droite sur son siège.

— Tu devrais essayer d'accepter les compliments, conseilla-t-il d'une voix douce. Tu as un corps parfait, des cheveux somptueux et un visage délicat. Les vêtements et le maquillage ne font que mettre en valeur les atouts que t'a donnés la nature.

Elle lui adressa un sourire contraint. Contrairement à elle, il avait la parole facile et il n'était jamais à court de phrases toutes faites. Embarrassée par son regard pénétrant, elle détourna les yeux. Certes, c'était agréable de porter des vêtements de bonne coupe qui lui allaient à la perfection. Mais la trouverait-il aussi séduisante sans ce vernis de sophistication ? Un vernis bien mince…

Le luxe inouï de cette demeure et l'omniprésence des nombreux domestiques la déstabilisaient. Cet univers était si éloigné du sien qu'elle s'y sentait mal à l'aise. Et ce n'était pas l'épisode lamentable de cette nuit qui risquait d'arranger les choses…

Visiblement insensible à l'embarras de Lizzie, Cesare lui tendit une liasse de feuilles.

— J'ai besoin de ton accord pour faire des travaux de rénovation dans la villa de Lionos.

Elle arqua les sourcils avec surprise.

— Des travaux de rénovation ? Mais tu ne l'as même pas encore vue.

— Parce que nous ne serons pas mariés avant vendredi. Ma grand-mère sera opérée pendant notre lune de miel en Italie. Dès qu'elle pourra voyager, nous irons à Lionos avec elle et nous séjournerons à la villa.

— Je ne savais pas que nous partions en lune de miel.

— Ce sera une lune de miel uniquement aux yeux des autres.

— Dont ta grand-mère ?

— Je t'ai déjà expliqué la situation. Athene a beau être très dynamique, c'est une vieille dame. Je ne veux pas qu'elle se doute que notre mariage est factice. Si elle apprenait la vérité, elle se sentirait responsable et elle culpabiliserait.

— Je peux le comprendre.

Lizzie se mordit la lèvre. Cesare portait un costume noir sur mesure qui soulignait sa carrure athlétique, mais malheureusement elle le voyait presque nu avec son caleçon déformé par l'éveil de sa virilité…

— Cependant, certaines améliorations sont nécessaires pour que nous puissions habiter la villa. Pour les lancer, j'ai besoin de ton autorisation.

— Quel genre d'améliorations ?

— Il faut moderniser la cuisine et les salles de bains. J'ai l'intention d'envoyer Primo là-bas avec des spécialistes. Je veux être sûr que rien ne gâche le séjour d'Athene.

— Mais ne risque-t-elle pas d'être déçue que la maison dans laquelle elle a grandi subisse des transformations ?

— C'est une bonne question, mais les temps ont changé depuis son enfance et je pense qu'elle le reconnaîtra volontiers. Elle est pragmatique et elle aime son confort.

— D'après ce que m'avait dit ma mère, il faudra également remplacer le mobilier. Les lits, les canapés... Et puis les rideaux... Je ne pense pas qu'il soit possible de tout transformer en si peu de temps. Et une fois les travaux commencés, la maison deviendra très vite complètement inhabitable.

Cesare eut un sourire amusé.

— Crois-moi, si je consacre assez d'argent au problème, je trouverai quelqu'un pour relever le défi, *cara*.

Lizzie haussa les épaules. Elle ne voyait aucun inconvénient à ce qu'il fasse des travaux dans une maison qu'elle ne connaissait pas et dans laquelle elle ne séjournerait que brièvement. Cependant, cette discussion lui rappelait cruellement qu'il ne voulait l'épouser que parce que c'était le seul moyen pour lui de racheter l'île. S'efforçant de masquer son désarroi, elle signa les documents et donna à Cesare l'adresse de sa sœur pour qu'il les lui envoie.

Son cœur se gonfla soudain de joie lorsque Archie pointa le museau dans l'entrebâillement de la porte avant d'entrer dans la pièce et de se diriger vers elle en trottinant maladroitement avec sa patte dans le plâtre.

Témoin perplexe de l'accueil chaleureux fait au chien, Cesare regarda celui-ci se renverser sur le dos pour que Lizzie le caresse, puis tenter en vain de se relever sur trois pattes. Il se pencha pour l'aider, se rapprochant du même coup de Lizzie. Elle eut un mouvement de recul si brusque qu'elle fit glisser sa chaise sur le sol. Puis elle se leva précipitamment et se dirigea vers la porte.

— Ton père et ta sœur assisteront au mariage ? demanda-t-il en réprimant son agacement.

— Oui… Et je vais téléphoner à Chrissie pour lui dire qu'elle va recevoir des papiers à signer.

— Je ne pense pas que je te reverrai avant que nous nous retrouvions à l'église vendredi. Essaie de te conditionner à éviter de bondir en arrière quand je t'approche. Ce genre de réaction est le meilleur moyen de révéler que notre relation n'est qu'un faux-semblant.

Mortifiée, Lizzie s'empourpra.

— De ton côté, conditionne-toi à garder tes distances.

Il ne l'avait pas volé, reconnut Cesare. Pas étonnant qu'elle soit furieuse contre lui. Il avait singulièrement manqué de tact cette nuit, après ce qui s'était passé… Mais après tout, il n'avait fait que dire la vérité. Les femmes punissaient-elles toujours les hommes pour avoir dit la vérité ? Il réprima un soupir. S'il voulait que leur arrangement soit un succès il allait devoir faire plus d'efforts. Les femmes étaient des créatures émotives. La gêne manifeste de Lizzie en était la preuve.

Par ailleurs, elle était peut-être prête à faire n'importe quoi pour de l'argent, mais après avoir vécu pendant tant d'années dans la pauvreté, elle avait des excuses. Comment la blâmer de vouloir améliorer ses conditions d'existence ? Il pouvait difficilement lui reprocher d'avoir accepté sa proposition ! La mettre dans le même sac que les nombreuses femmes intéressées qui avaient partagé son lit était injuste.

Après tout, Serafina n'avait pas hésité à le laisser tomber pour un homme beaucoup plus riche que lui, mais également beaucoup plus vieux. Il devait se montrer plus compréhensif avec Lizzie. D'autant plus que le projet de faire un enfant ensemble inscrivait leur relation dans la durée. Il avait tout intérêt à la ménager. Parce que sinon tous ses plans risquaient de tomber à l'eau…

— Tu es magnifique ! s'exclama Chrissie lorsque Lizzie tournoya sur elle-même pour lui faire admirer sa robe de mariée.

Ses épaules et ses bras étaient gainés de dentelle de Caudry, tandis que la jupe bouffante soulignait la finesse de sa taille.

— Mon frère est un romantique honteux. Il va adorer cette robe, prédit Maurizia.

Au même instant on frappa à la porte et elle alla répondre en compagnie de Sofia.

— Je m'amuse comme une folle ! Je regrette d'avoir fait passer mon examen avant ton enterrement de vie de jeune fille, déclara Chrissie, ravissante dans sa robe de demoiselle d'honneur couleur topaze, identique à celles des sœurs de Cesare.

Lizzie l'enveloppa d'un regard affectueux. En réalité, c'était elle la véritable beauté de la famille. Grande, svelte, avec un visage d'ange.

— Un cadeau de la part de Cesare, annonça Sofia en tendant un écrin à Lizzie.

La rivière de diamants d'un raffinement extrême, accompagnée d'une paire de girandoles, laissa Lizzie bouche bée, tandis que ses demoiselles d'honneur s'extasiaient en chœur. Cesare jouait consciencieusement son rôle de mari amoureux pour ses sœurs, se dit-elle en mettant le collier et les boucles d'oreilles.

C'était stupide, mais de son côté, elle ne pouvait s'empêcher de regretter que ce mariage ne soit qu'un simulacre. Elle aimait la famille de Cesare et elle donnerait n'importe quoi pour qu'elle devienne vraiment la sienne. Au lieu de ça, elle jouait la comédie à ses sœurs et à leur mère. Et, bientôt, elle la jouerait également à sa grand-mère.

— Tu as bien réfléchi ? lui murmura Chrissie sous le porche de l'église en feignant de rectifier un pli de sa robe. Parce qu'il n'est pas trop tard pour changer d'avis. Il suffit que j'appelle un taxi et nous filons.

— Qu'est-ce qui te prend ? Elle n'a aucune raison de changer d'avis ! éructa Brian Whitaker. Ce Sabatino est la meilleure chose qui lui soit arrivée ! Il a quelque chose dans la tête lui au moins !

— Nous sommes bien d'accord avec vous, intervint Paola. Mais il arrive parfois que la mariée se mette à douter.

— Pas cette fois, assura Lizzie d'une voix ferme, dissipant la gêne qui s'était emparée de la famille du marié.

Cesare ne tourna la tête vers Lizzie que lorsqu'elle arriva près de lui devant l'autel. L'éclat de son regard aux reflets d'or était saisissant. Il n'avait aucun doute, songea-t-elle. Il savait exactement ce qu'il faisait. Concentré sur son objectif final, il assumait toutes les conséquences de son choix. Et elle avait tout intérêt à suivre son exemple. Il fallait absolument qu'elle cesse de se forger des chimères. Qu'elle arrête de se demander s'il allait l'embrasser ou pas au moment où ils seraient officiellement unis par les liens du mariage. C'était ridicule et tout à fait inapproprié…

— Tu es splendide, murmura-t-il en lui mettant son alliance.

Ce compliment était sincère, songea-t-il tandis qu'elle lui mettait la sienne. Elle était vraiment splendide. Et elle lui faisait un effet très perturbant. Toujours le même problème… Il était en manque.

Voilà, ils étaient mariés et il n'y avait pas eu de baiser. Ni d'invitation à embrasser la mariée… Une main tremblante posée sur le bras de Cesare, Lizzie descendit lentement l'allée centrale au milieu des visages souriants tournés vers elle. Dire qu'au début elle pensait qu'ils se marieraient dans l'intimité… La grande église était noire de monde. Dehors, en haut des marches, Cesare s'écarta d'elle quelques secondes pour aller chercher une vieille dame minuscule aux yeux marron et au regard vif.

— Athene… voici Elisabetta, qu'on appelle Lizzie. Lizzie, je te présente ma grand-mère.

Les deux femmes échangèrent des banalités pendant quelques instants sous le regard attentif de Cesare. Puis Athene pressa la main de Lizzie en souriant.

— Nous discuterons plus tard, promit-elle d'un ton enjoué.

Les mariés accueillirent leurs invités dans l'hôtel choisi pour la réception, dégustèrent un repas somptueux, écoutèrent les discours, puis ouvrirent le bal. Dans les bras de Cesare et entourée d'invités chaleureux, Lizzie devait faire des efforts pour ne pas oublier que ce mariage n'était qu'un simulacre.

Quand Cesare se pencha vers elle pour l'embrasser, elle fut emportée dans un tourbillon de sensations délicieuses qui lui donnèrent le vertige. Nouant les mains sur sa nuque, elle répondit avec ardeur à son baiser, les doigts enfoncés dans ses cheveux. Comme c'était grisant d'avoir découvert qu'elle n'était pas dépourvue de sensualité ! Malheureusement, si l'homme qui l'enflammait était en train de l'embrasser c'était uniquement pour impressionner les invités, se rappela-t-elle soudain. Mortifiée, elle s'arracha aux lèvres de Cesare.

— Ça suffit…

— *Dio mio,* moi ça ne me suffit pas du tout, *bellezza mia,* répliqua-t-il d'une voix rauque. J'ai envie de toi.

Elle se raidit.

— Nous avons convenu que ça ne serait pas raisonnable.

— Au diable la raison ! La passion n'a rien de raisonnable… Tu ne sais pas ça ?

Electrisée par le regard brûlant des yeux dorés, Lizzie déglutit péniblement. Elle n'avait aucune envie de perdre la raison. Faire des expériences pourquoi pas, mais elle tenait à garder le contrôle de la situation. Pas question de prendre le risque de souffrir ou de se ridiculiser une fois de plus…

Sofia s'avança vers elle.

— Athene voudrait que tu t'assoies avec elle un moment. Je pense qu'elle veut faire ta connaissance. Cesare est de loin son chouchou parmi ses petits-enfants.

Lizzie roula les yeux en signe de compassion.

— Sans doute parce que c'est le seul garçon.

— C'est elle qui l'a élevé, en fait. C'est pour ça qu'ils sont si proches, expliqua Sofia. Cesare n'avait que quatre ans quand notre mère a épousé son père. Il devait venir vivre avec eux, mais Athene et lui retardaient toujours ce moment et papa n'osait pas les presser. Cesare n'a jamais été facile. Papa et lui sont très différents.

— Goffredo est un amour, commenta Lizzie avec chaleur. Vous avez beaucoup de chance.

— C'est vrai, mais il a toujours été très impressionné par l'intelligence de Cesare. Et il faut dire aussi que ce n'était pas vraiment un enfant docile.

Lizzie ne put s'empêcher de sourire.

— J'imagine. Il n'en fait qu'à sa tête.

Elle rejoignit Athene et celle-ci tapota le fauteuil voisin du sien.

— Parlez-moi de vous. Je suis très curieuse, comme

toutes les vieilles dames. J'ai des tas de questions à vous poser.

Bien sûr, il y eut des questions concernant la mère de Lizzie, qu'Athene avait rencontrée à l'époque ou Goffredo la fréquentait.

— Mon fils n'aurait pas pu la rendre heureuse, commenta Athene avec un petit soupir. Francesca n'était jamais contente, et le fait que Goffredo ait déjà un fils ne lui plaisait pas. Je n'ai pas été très étonnée quand elle a rompu leurs fiançailles.

— Elle n'a jamais été heureuse en couple pendant très longtemps, reconnut Lizzie.

— Ça devait être très difficile pour vous et votre sœur. Ce qu'on vit dans sa jeunesse laisse des cicatrices. Je pense que c'est pour ça qu'il a fallu autant de temps à Cesare pour tourner la page après Serafina…

— Serafina ? demanda Lizzie avec circonspection.

Etait-ce une histoire qu'elle devrait connaître ? Son ignorance risquait-elle d'éveiller les soupçons de la grand-mère de Cesare ? La réponse d'Athene la rassura.

— Je me doutais qu'il ne vous en parlerait pas. Il cache très bien ses points vulnérables.

Lizzie masqua sa surprise. Jamais elle n'aurait imaginé qu'il en avait…

— Cesare est tombé amoureux de Serafina quand il était étudiant, poursuivit Athene. Il voulait l'épouser, mais elle disait qu'elle était trop jeune. Dans la société où elle a obtenu son premier emploi, elle a rencontré un homme très riche qui avait plus de soixante-dix ans. Quelques semaines plus tard, ils étaient mariés.

— Ç'a dû être terrible pour lui, commenta Lizzie avec une pointe de culpabilité.

Dire qu'elle le considérait comme un homme insensible qui ne vivait que pour ses affaires et l'argent qu'elles lui rapportaient… Elle avait porté sur lui un jugement trop hâtif.

— Mais aujourd'hui, je sais qu'il a enfin tourné la page, déclara sa grand-mère avec un sourire ravi en tapotant la main de Lizzie. Aujourd'hui, je suis heureuse que Cesare vous ait épousée. Ça va changer le cours de sa vie et c'est la meilleure décision qu'il ait jamais prise.

Lizzie s'abstint de tout commentaire. A présent, elle comprenait d'où venait l'optimisme de Goffredo. Il l'avait hérité de sa mère. Comment Cesare avait-il pu grandir entouré par des gens d'un naturel aussi enjoué et rester lui-même aussi froid et flegmatique ?

Cependant, il prenait soin de garder une certaine distance avec les membres de sa famille… Craindrait-il secrètement de devenir trop sensible à leur contact ?

Quelques heures plus tard, Lizzie embarquait à bord du jet privé de Cesare. Elle se laissa tomber dans un siège en cuir et enleva ses escarpins à talons aiguilles avec un intense soulagement. Jamais elle n'avait eu aussi mal aux pieds !

— Tu as été parfaite aujourd'hui, déclara Cesare en s'installant en face d'elle. Je ne pense pas qu'il y ait une seule personne qui soupçonne la vérité.

— Ton père la connaît, rappela-t-elle, déconcertée par ce compliment inattendu.

— Il l'oubliera vite. Dans quelques semaines, il se sera persuadé que nous sommes tombés éperdument amoureux quelques heures après notre mariage. C'est comme ça qu'il fonctionne.

— Ta famille est formidable, protesta-t-elle, gênée par son ton sarcastique. Ne sois pas aussi critique. Ils t'aiment énormément et ils n'ont pas peur de le montrer.

Cesare crispa la mâchoire, puis il se remémora l'attitude de son beau-père. Brian Whitaker avait refusé de faire un discours, il était resté résolument seul au milieu de la foule et il avait réussi à ne jamais sourire, même pour les photographes.

— Ton père, en revanche, n'est pas du genre démonstratif.

— Quand ma mère l'a quitté, son caractère s'est aigri. Et la vie n'a pas été facile pour lui depuis. Ça ira mieux quand il vivra au village. Je pense que ce sera un soulagement pour lui de ne plus passer ses journées à se demander si je vais réussir à m'en sortir avec tous les travaux de la ferme.

— Est-ce que ça ne sera pas un soulagement pour toi aussi ?

— C'est vrai que je ne suis pas mécontente de ne plus vivre dans le stress du matin au soir. Notre plus grande hantise était que la banque mette sa menace à exécution et nous oblige à combler notre découvert. Et quand le loyer a augmenté ç'a été le coup de grâce... Du coup, Chrissie a décidé d'abandonner ses études pour revenir nous aider à la ferme. Je ne pouvais pas la laisser faire ça. C'était inenvisageable.

— Alors c'est pour cette raison que tu as brusquement changé d'avis et que tu as accepté de te marier avec moi ? Je ne savais pas que vous étiez dans une situation aussi délicate.

— Tu m'as pourtant dit que tu connaissais nos problèmes, rappela Lizzie avec surprise. J'ai cru que tu avais chargé un détective privé d'enquêter sur nous avant ta première visite.

Cesare secoua la tête.

— Non. J'ignorais tout du découvert, de l'augmentation de loyer et de la décision de ta sœur. Je savais juste que ton père avait des problèmes de santé et que tu t'efforçais de faire tourner la ferme toute seule.

— Eh bien, maintenant, tu connais toute l'histoire. J'étais prête à vendre mon âme pour une trentaine de pièces d'argent.

— Non. Tu étais prête à tout pour protéger ta famille, quels que soient les sacrifices que ça te demanderait. Tu as fait preuve d'un dévouement absolu et c'est une qualité que j'admire.

Dans le silence qui suivit, Cesare ouvrit son ordinateur portable et se mit au travail. Au bout d'un moment, il se surprit à jeter un coup d'œil à Lizzie. Elle feuilletait un magazine tout en caressant Archie derrière l'oreille et elle roulait régulièrement les yeux, sans doute à la vue de tenues qu'elle trouvait trop extravagantes. Elle était incroyablement naturelle…

Lizzie Whitaker était franche comme l'or et il s'était mépris sur son compte. Dire qu'il se targuait d'être doué pour déchiffrer les gens… Il s'était forgé trop d'idées préconçues à son sujet. Elle était tout le contraire d'une femme intéressée. Et il fallait bien reconnaître que cette découverte aiguisait sa curiosité…

— Pourquoi t'étais-tu teint les cheveux en châtain ?

Lizzie enroula une mèche blonde autour de son doigt avec un embarras manifeste.

— Andrew ne les aimait pas. Il trouvait qu'ils attiraient trop l'attention et qu'ils paraissaient blancs, si bien qu'au premier abord les gens me prenaient pour une vieille dame. Je comprenais que ça ne lui plaise pas.

— Tu as pourtant des cheveux magnifiques, *cara.*

Lizzie eut un haussement d'épaules qui se voulait désinvolte, mais ce compliment lui fit un plaisir immense. Troublée par le regard pénétrant de Cesare, elle reporta son attention sur le magazine, tandis qu'une douce chaleur se répandait entre ses reins. Il était tellement séduisant… Comment ne pas être sensible à son charme ? Mais il fallait garder les pieds sur terre et éviter de se faire des idées au moindre compliment. Il avait juste fait preuve de courtoisie.

La limousine qui les attendait à l'aéroport en Italie emprunta des routes sinueuses dans un paysage vallonné, que le printemps qui touchait à sa fin peignait de couleurs éclatantes. Des genêts parsemaient de taches jaunes le vert vif des champs de fèves et de blé, au bord desquels se dressaient les flèches sombres des cyprès. Des villages médiévaux étaient perchés au sommet de collines plantées de vignes et d'oliveraies. Enthousiasmée, Lizzie pressait Cesare de questions.

— Tu ne m'as pas encore dit où nous allions.

— Nous arrivons.

Elle considéra avec surprise l'ancienne ferme de pierre. Vu son style de vie, elle était persuadée qu'il l'emmenait dans un spa luxueux.

— Cet endroit ne te ressemble pas, ne put-elle s'empêcher de commenter.

— J'aime les maisons anciennes. La première fois que j'ai vu celle-ci, j'étais étudiant et je faisais de la randonnée avec des amis. Il n'y avait plus de toit, le premier étage avait disparu et le mur du fond s'était écroulé. Nous nous sommes abrités dans la grange pendant un orage, expliqua-t-il tandis que le chauffeur s'engageait sur un chemin de terre grimpant à flanc de colline. J'ai regardé le soleil se coucher sur la vallée et je me suis promis que j'achèterais cette maison avec mon premier million.

— Ton premier… *million ?*

Les yeux brillants, Cesare hocha la tête avec un sourire amusé.

— Les travaux ont été un gouffre financier.

La voiture s'arrêta dans une cour pavée ornée de bacs en pierre débordant de fleurs. Au moment où ils descendaient de voiture, une petite femme rondelette, avec un tablier noué autour de la taille, sortit de la maison pour les accueillir. Elle s'appelait Maria et elle était visiblement fan de Cesare.

Le hall voûté donnait sur un salon doté d'une grande cheminée de pierre devant laquelle étaient disposés un canapé et des fauteuils turquoise. Si la façade était rustique, l'intérieur était confortable et raffiné.

Maria conduisit Lizzie à l'étage dans une vaste chambre très lumineuse donnant sur la vallée. Alors qu'elle admirait le lit à baldaquin, le chauffeur arriva avec les valises, suivi par Cesare.

— Où est ta chambre ? demanda-t-elle.

— C'est celle-ci, répliqua-t-il le plus naturellement du monde. Nous la partageons.

— Il n'en est pas question ! protesta-t-elle avec consternation.

— Nous sommes censés être mariés. Jouons notre rôle jusqu'au bout. Il serait stupide de tout gâcher en faisant chambre à part.

— Maria ne dira rien, insista-t-elle en enlevant ses chaussures.

— Elle n'est pas la seule à travailler ici.

Lizzie considéra de nouveau le lit. Certes il était immense. Malgré tout…

— D'accord, mais tu devras rester de *ton* côté du lit.

Cesare arqua les sourcils.

— Arrête de faire toute une histoire pour rien.

— Je n'ai pas l'habitude de dormir avec quelqu'un. Ce n'est pas « rien » pour moi.

— Nous en discuterons au dîner.

Elle leva les bras avec exaspération.

— Il est inutile d'en discuter… Je ne veux pas dormir avec toi, c'est tout !

Il darda sur elle un regard brûlant.

— Il y a quarante-huit heures tu voulais, au contraire.

— Je me demandais au bout de combien de temps tu allais me le rappeler, riposta-t-elle, les joues en feu. J'étais ivre, pour l'amour du ciel !

— Au moins, quand tu es ivre tu sais ce que tu veux.

Lizzie claqua la porte pour qu'on ne les entende pas se quereller.

— C'est odieux de dire ça !

— Que ça te plaise ou non, c'est la stricte vérité. L'attirance irrésistible que j'éprouve pour toi est réciproque. Tu refuses juste de l'admettre.

Lizzie fut si outrée par l'arrogance de cette déclaration qu'elle se réfugia dans la salle de bains. Malgré son irritation, elle fut éblouie par les murs de pierre, le sol de marbre et la baignoire ancienne située à proximité de la fenêtre.

— Et ce n'est pas en te cachant dans la salle de bains que tu réussiras à me convaincre du contraire ! cria Cesare de l'autre côté de la porte.

Elle rouvrit celle-ci et traversa la chambre à grands pas jusqu'à une valise qu'elle traîna par terre.

— Je ne me cachais pas !

Cesare lui prit la valise des mains et la posa sur le lit. Elle resta immobile, le visage écarlate et les yeux baissés. Il se rapprocha d'elle et elle se raidit.

— Regarde-moi, *bellezza mia*.

Elle releva le menton d'un mouvement vif, faisant voler ses cheveux blonds en arrière.

— Pourquoi ?

Il lui prit le visage à deux mains.

— Je veux faire un bébé avec toi de façon normale. Je ne veux pas avoir recours à l'insémination artificielle. Si nous voulons devenir parents, essayons d'abord la méthode naturelle.

Stupéfaite, elle se sentit rougir. Puis, à son grand dam, la chaleur se répandit dans tout son corps.

— Ce n'est pas ce que nous avions décidé.

— Nous n'avions rien décidé du tout. Tu as fait une suggestion. Elle ne me plaisait pas, mais j'ai préféré ne pas le dire, de crainte que tu changes d'avis et que tu refuses de m'épouser, avoua Cesare sans la moindre trace de remords.

Elle fut d'abord abasourdie par cette franchise, puis profondément touchée. « Je veux faire un bébé avec toi. » Comment ne pas être bouleversée par une telle déclaration ? Mais il fallait rester prudente. Faire l'amour avec Cesare serait très risqué. Elle était déjà beaucoup trop sensible à son charme…

Malgré tout, il fallait bien reconnaître que la perspective de recourir à l'insémination dans le cadre impersonnel d'une clinique spécialisée n'avait rien de réjouissant…

— Je vais y réfléchir, marmonna-t-elle. Maintenant, si ça ne te dérange pas, j'aimerais me changer.

— Je vais prendre une douche, annonça Cesare en enlevant sa chemise.

Le cœur battant, elle détourna les yeux, mais l'image de son torse puissant resta imprimée dans son esprit. Elle ouvrit sa valise et s'efforça de se concentrer sur le choix d'une tenue confortable, mais elle aperçut par inadvertance Cesare entièrement nu au moment où il entrait dans la salle de bains. Electrisée, elle réprima un grognement de dépit. Ils étaient si différents… Elle n'était pas du tout à la hauteur.

Cesare avait tout vu, tout fait, alors qu'elle n'avait aucune expérience. Si elle couchait avec lui, elle allait forcément tomber amoureuse et souffrir. Parce qu'il n'y avait aucune chance que ce soit réciproque.

A moins qu'elle découvre qu'elle était le genre de femme capable de dissocier le sexe et les sentiments… Peut-être qu'elle ne s'attacherait pas à lui et serait même heureuse de retrouver sa liberté au bout de quelques mois. Comment savoir comment elle réagirait ?

Lorsque la salle de bains fut libre, elle prit une douche et se démaquilla pour se remaquiller plus légèrement que pour le mariage. Elle se contenta d'une touche de rouge à lèvres et de blush, puis elle enfila une jupe longue, un corsage en soie sans manches et une paire de sandales plates. Lorsqu'elle sortit de la salle de bains, une domestique était en train de ranger ses affaires et celles de Cesare dans la penderie.

Elle descendit au rez-de-chaussée et retrouva Cesare dans le hall.

— Je vais te faire visiter la maison avant le dîner, proposa-t-il.

— Où est Archie ?

Il posa un doigt sur sa bouche et lui indiqua le salon d'un signe de tête. Archie était allongé sur un tapis à longs poils et il ronflait.

Cesare montra d'abord l'extérieur de la maison à Lizzie, avant que la nuit tombe. Sur la terrasse couverte, Maria s'affairait autour d'une table recouverte d'une nappe blanche. Quelques mètres plus loin, une piscine à débordement dominait la vallée.

— La vue est extraordinaire. Je comprends pourquoi tu es tombé amoureux de cet endroit, commenta-t-elle, heureuse de sentir la tension de la journée l'abandonner peu à peu.

A sa grande surprise, Cesare lui prit la main.

— Ce mariage peut être réel si nous le souhaitons, *bellezza mia*.

Elle sentit ses joues s'enflammer. Réel ne voulait pas dire éternel. Mais après tout, combien de mariages duraient toute la vie ? Pour l'instant ils étaient ensemble et ils le resteraient jusqu'à la naissance de leur enfant. L'enfant qu'elle désirait depuis toujours… Plus Cesare et elle seraient proches, plus il leur serait facile d'élever leur enfant dans la sérénité, aujourd'hui comme dans l'avenir, non ? Abasourdie par sa propre audace, elle s'entendit répliquer :

— Je vais essayer. Mais je ne peux rien promettre.

Cesare eut un sourire ravi.

— J'essaierai de faire en sorte que tu ne le regrettes pas, *cara*.

6.

— Maria nous fait le grand jeu ce soir, commenta Cesare avec un sourire amusé, tandis que leur était servie une succession interminable de plats plus succulents les uns que les autres.

Effarée à l'idée qu'elle avait accepté de tenter un « vrai » mariage, Lizzie n'avait aucun appétit. Malgré tous ses efforts elle ne parvint pas à manger plus de quelques bouchées de chaque plat et se confondit en excuses lorsque Maria apporta le clou du repas, un spectaculaire gâteau au chocolat.

Ils s'apprêtaient à commencer leur vie commune comme s'ils étaient un couple de jeunes mariés normal. Et cette nuit serait leur nuit de noces…

Soudain, un détail auquel elle n'avait pas eu de raison de penser jusque-là lui revint à l'esprit. Si elle reconnaissait qu'elle était encore vierge, il allait la prendre pour une détraquée. D'autant plus qu'il savait qu'elle avait été fiancée. Mieux valait faire comme si de rien n'était. En espérant qu'il ne remarquerait rien…

— Tu n'as pratiquement rien bu, aujourd'hui, déclara Cesare en la considérant avec perplexité.

Pourquoi était-elle aussi silencieuse, tout à coup ? Il était vrai que de toute façon elle n'avait rien d'un moulin à paroles. Elle était même d'un calme étonnant… et curieusement il trouvait ça très séduisant.

— Etant donné nos… projets, j'ai pensé qu'il valait mieux que j'évite l'alcool, répliqua-t-elle avec embarras.

— A cause du débat sur les dangers de la consommation d'alcool pendant la grossesse ?

— Oui. Les spécialistes ne savent pas fixer la quantité d'alcool qui serait sans risque pour l'enfant. Je préfère donc rester prudente.

— C'est pour ça que tu t'es défoulée le soir de ton enterrement de vie de jeune fille ?

Lizzie s'empourpra.

— Non. Ce n'était pas prémédité. Chrissie me manquait et il y avait très longtemps que je n'étais pas sortie. Alors je me suis laissé aller.

— Tu n'as aucune raison de culpabiliser, assura Cesare d'un ton apaisant.

La lueur des bougies faisait scintiller les paillettes dorées de ses yeux bruns, constata-t-elle, fascinée. Il était vraiment sublime. Et elle était mariée avec lui. Elle allait partager son lit… et elle s'angoissait ? Elle se posait des questions ? Qu'est-ce qui n'allait pas chez elle ? L'attirance réciproque dont il avait parlé était de plus en plus palpable. Comment le nier plus longtemps ? En proie à un trouble irrépressible, Lizzie se leva brusquement et marcha jusqu'au bord de la terrasse pour contempler les lumières du village fortifié, situé de l'autre côté de la vallée.

Son cœur était protégé par des murailles aussi épaisses que celles de ce village, se rappela-t-elle pour se rassurer. Si elle couchait avec Cesare elle n'allait pas pour autant se raconter des histoires ni se morfondre une fois qu'ils ne seraient plus ensemble.

Elle avait vu sa mère s'enticher d'un homme après l'autre, parce qu'elle était accro à l'amour, sa drogue favorite. Pour sa part, elle avait aimé une fois et elle avait compris la leçon. Si ça n'avait pas marché avec

Andrew, il y avait peu de chances que ça marche un jour avec un autre homme. Mais elle aurait quand même un bébé à aimer.

— Tu es tendue, *cara,* dit Cesare en la rejoignant.

Il posa les mains sur ses épaules. Tu n'as aucune obligation, tu sais…

Elle déglutit péniblement. Sa nervosité était-elle donc si évidente ? En réalité, c'était l'intensité de son désir pour lui qui lui faisait peur… Il la fit pivoter lentement sur elle-même et elle sentit son cœur s'affoler.

— Je sais, répondit-elle.

Si seulement elle pouvait être aussi sereine que lui… Tous les hommes étaient-ils comme ça ? Etait-il plus facile pour eux d'envisager un mariage fondé uniquement sur le sexe et le projet de faire un enfant ?

« C'était purement sexuel, pas de quoi se prendre la tête », avait-il dit après avoir quitté le lit où il venait de bouleverser son univers. Certes elle avait été la seule à recevoir du plaisir, mais qu'il puisse parler avec une telle désinvolture de ce qui venait de se passer entre eux l'avait profondément choquée. Ce qui ne l'empêchait pas d'être, en ce moment même, incapable de détacher les yeux de la bouche sensuelle de Lizzie…

Cesare observait Lizzie à travers ses cils, envoûté par ses lèvres pulpeuses et ses petits seins qui pointaient sous son corsage en soie. Il y avait des années qu'il n'avait pas désiré une femme à ce point et il en était perturbé. Elle n'avait rien de plus que les autres, se répétait-il fermement. S'il mourait d'envie de coucher avec elle c'était parce qu'il était en manque. Et, bien sûr, elle avait l'attrait de la nouveauté. Quoi de plus naturel ? Et puis il y avait ce projet de lui faire un enfant qui, curieusement, galvanisait sa libido…

Incapable de résister à la tentation une seconde de plus, il attira Lizzie contre lui et l'embrassa longuement en savourant le contact de ses seins contre son torse. Elle aimait être portée, se rappela-t-il avec attendrissement. Lorsqu'il la souleva de terre, Archie qui était allongé à proximité se redressa et aboya avec une consternation manifeste.

— Tais-toi, Archie, intima Cesare. Tu n'as pas le droit de t'immiscer entre un homme et son épouse… Et je te préviens, Lizzie, il ne dormira pas avec nous cette nuit, ni aucune autre.

Lizzie était trop grisée par son baiser passionné pour émettre la moindre protestation. Elle était en train de devenir une petite dévergondée, songea-t-elle tandis qu'il la portait à l'étage. Lorsqu'ils arrivèrent dans la chambre, elle eut le souffle coupé. Des lanternes abritant des bougies diffusaient une lumière douce et vacillante dans la pièce décorée de magnifiques bouquets de fleurs blanches.

— C'est toi qui as organisé ça ? demanda-t-elle alors qu'il la déposait au pied du lit.

Il pouffa.

— Non. Maria attend depuis très longtemps que je trouve une épouse et je pense qu'elle a décidé de fêter ça.

Lizzie réprima un frisson sous son regard étincelant. La lueur des bougies mettait en valeur ses pommettes saillantes et il était plus beau que jamais. D'un geste très doux il écarta ses cheveux de son visage, puis il captura de nouveau sa bouche dans un baiser gourmand.

— Je pense à ça depuis le premier instant où je t'ai vue, murmura-t-il contre ses lèvres d'une voix rauque qui l'électrisa.

— Par moments tu dis vraiment n'importe quoi. La première fois que tu m'as vue, j'étais en salopette et j'avais une tête à faire peur ! protesta-t-elle avec un petit rire gêné.

— La libido masculine ne s'arrête pas à ce genre de

détails. J'ai vu ton visage, ta peau, tes yeux… ça m'a suffi, *delizia mia.*

— J'aime bien quand tu parles italien. Tu pourrais réciter les tables de multiplication ça me plairait quand même. Ton accent, le son différent de ta voix…

Charmé par cette volubilité inattendue, Cesare eut un sourire qui illumina son visage.

— Ce qui me plaît le plus chez toi c'est que tu me surprends sans arrêt.

— En ce moment, je me surprends moi-même, avoua-t-elle avec une pointe d'inquiétude.

En réaction contre l'exemple maternel, elle avait toujours évité soigneusement de se conduire de manière impulsive. Mais elle n'était pas comme sa mère, se rappela-t-elle fermement. Et à vingt-quatre ans, elle était assez vieille pour se comporter comme elle en avait envie.

Un long baiser enivrant vida son esprit de toute pensée cohérente, tandis que son corps était assailli par des sensations délicieuses. Les pointes de ses seins semblaient vouloir percer la soie qui les recouvrait.

Cesare la renversa délicatement sur le lit, puis il lui enleva son corsage et referma les mains sur ses seins. Ses caresses expertes décuplèrent son excitation et elle creusa instinctivement les reins en gémissant. D'une main, il tira sur sa chemise et elle prit aussitôt le relais. Elle la déboutonna puis caressa son torse et ses épaules, savourant la dureté de ses muscles d'acier sous sa peau soyeuse.

Il parsema son cou de baisers, traça le contour de sa clavicule du bout de la langue, promena ses lèvres sur la rondeur d'un sein, puis les referma sur sa pointe frémissante et l'aspira goulûment. Le corps en feu, elle enfonça les doigts dans ses cheveux avec des gémissements étranglés. Tout en léchant et mordillant tour à tour le bourgeon hérissé, il glissa les mains sous sa jupe et fit remonter ses doigts le long de ses cuisses avec une lenteur qui la mit au supplice. Il lui enleva sa culotte tandis qu'elle ondulait des hanches, en proie à une fièvre dévorante.

— J'essaie de ne pas aller trop vite, mais j'ai l'impression d'être un train express, murmura-t-il d'une voix rauque.

— Tu parles trop…

Faisant appel à toute sa volonté, Cesare s'écarta de Lizzie. Il fallait éviter à tout prix la précipitation. Surtout la première fois. Mais il avait rarement vu une femme aussi passionnée. Elle le rendait fou de désir et se modérer relevait de l'exploit… Il se débarrassa de sa chemise, ouvrit sa braguette et enleva d'un seul mouvement son caleçon et son pantalon. Le regard fasciné de Lizzie et la rougeur qui se répandit sur ses joues l'enchantèrent. Quand avait-il vu une femme rougir pour la dernière fois ? Il n'en avait pas la moindre idée. Et au lit ? Jamais.

Lizzie était hypnotisée. Cesare était entièrement nu devant elle pour la première fois. Splendide et d'une virilité à couper le souffle… Il se pencha sur elle et lui enleva sa jupe. Aussi nue que lui, elle eut un accès de pudeur et s'exclama :

— Il faut éteindre les bougies !

Cesare s'arracha à la contemplation de ses courbes exquises et rappela d'une voix douce :

— Je t'ai déjà vue nue.

— Ce n'était pas la même chose ! J'étais trop ivre pour être gênée !

Il pouffa, puis il la rejoignit sur le lit et s'empara de sa bouche dans un baiser fougueux. Oubliant aussitôt sa gêne, elle y répondit avec ardeur. Il le prolongea encore et encore, tout en la couvrant de caresses qui achevèrent de l'embraser. Lorsqu'il glissa enfin la main entre ses cuisses, elle creusa les reins en gémissant.

— Tu es brûlante de désir, *cara,* Tu sais, ça va être une première pour moi, confia-t-il en approfondissant son exploration.

Elle eut toutes les peines du monde à articuler :

— Quoi donc ?

— Faire l'amour sans préservatif. Ça ne m'est jamais arrivé et ça m'excite terriblement…

Pour lui prouver la vigueur de son désir, il pressa furtivement sa virilité contre sa cuisse tout en accentuant ses caresses. Les doigts crispés sur ses épaules, elle ondulait des hanches tandis que les sensations qui montaient du plus profond d'elle s'intensifiaient, la mettant au supplice.

Le plaisir déferla soudain en elle, prodigieux, dévastateur. Lorsque les vagues commencèrent à refluer, Cesare lui saisit les chevilles et cala ses jambes sur ses épaules. Puis il plongea en elle. Transpercée par une douleur aiguë, elle se raidit en criant.

Il se figea.

— Ne me dis pas que tu es… ?

Furieuse de s'être trahie, elle le foudroya du regard.

— Ce n'est pas une raison pour t'arrêter.

— Tu es vierge ? s'exclama-t-il d'un air abasourdi.

— En quoi ça te regarde ?

Obligé de faire des efforts surhumains pour maîtriser son désir, Cesare jura à mi-voix en italien. Quelle frustration ! L'idée qu'elle n'avait ressenti que de la douleur était insupportable…

— En quoi ça me regarde ? Il me semble impératif que j'arrête, non ?

— Non ! protesta-t-elle, consternée. Tu ne peux pas t'arrêter maintenant ! Je veux aller jusqu'au bout… Je veux savoir ce qu'on ressent…

Il poussa un grognement de dépit. Elle avait décidé de faire l'expérience du sexe avec lui ! Le mariage s'annonçait beaucoup plus compliqué que prévu…

— S'il te plaît…, insista-t-elle d'un ton suppliant en lui prenant le visage à deux mains et en tentant sans succès de l'embrasser.

Comment résister ? Réprimant un soupir, il donna un léger coup de reins, le regard fixé sur le visage de Lizzie, à l'affût du moindre signe de souffrance. Elle l'encouragea d'un sourire, puis elle ferma les yeux, mortifiée de ne pas avoir réussi à masquer sa douleur. Dire qu'elle avait été obligée de le supplier pour qu'il continue ! Elle avait toujours cru qu'il était très difficile pour un homme de s'interrompre pendant l'acte sexuel. L'attitude de Cesare, prêt à tout arrêter, n'avait rien de flatteur. Mais elle avait tellement envie de découvrir le sexe… Tellement envie de savoir pourquoi les gens en faisaient tout un plat…

Cesare se mit à aller et venir lentement en elle. Son désir se réveilla et elle se détendit. Alors que les sensations qui l'envahissaient s'intensifiaient, elle se cambra pour mieux répondre aux coups de reins de Cesare. Il accéléra peu à peu le rythme et elle fut emportée dans un tourbillon irrésistible qui la conduisit au sommet de la jouissance.

Tandis qu'elle savourait les dernières ondes de plaisir qui la parcouraient, Cesare écarta des mèches folles de son front humide de sueur. Partagé entre l'émotion et la colère, il avait la main légèrement tremblante.

— Pourquoi ne m'as-tu pas prévenu que je serais ton premier amant ?

Son ton crispé arracha Lizzie à sa béatitude. Elle se redressa brusquement en remontant le drap sur sa poitrine.

— J'estimais que ça ne te regardait pas.

Il se leva d'un bond et darda sur elle un regard accusateur.

— Si je comprends bien, tu me l'as caché délibérément. Comment pouvais-tu être encore vierge alors que tu avais été fiancée ?

— Je t'interdis de me parler sur ce ton, Cesare Sabatino ! s'exclama-t-elle en s'efforçant de masquer la peur qui lui nouait l'estomac. Quant à ta question, je n'ai pas l'intention d'y répondre. C'est personnel.

— Je te rappelle que tu es mariée avec moi, *cara.* Je ne crois pas qu'il soit déraisonnable de ma part d'attendre des explications sur un sujet aussi fondamental.

— Quand tu auras le droit de me poser des questions personnelles, je te le ferai savoir, rétorqua-t-elle en se tortillant jusqu'au bord opposé du lit pour l'éviter. Elle se leva, tira sur le drap d'un geste vif et l'enroula autour d'elle. Pour l'instant, je vais prendre un bain.

— Lizzie…

— Tu m'excuseras, mais je ne suis pas d'humeur à bavarder gentiment comme une épouse modèle, coupa-t-elle d'une voix glaciale en traversant la chambre d'une démarche raide avant d'entrer dans la salle de bains, de fermer la porte et de mettre le verrou.

Elle remplit la somptueuse baignoire à ras bord, versa du bain moussant dans l'eau chaude et se plongea dedans. Quand il était en colère, Cesare pouvait être très impressionnant, avec son air hostile et son regard noir. Or c'était plus fort qu'elle. Face à un homme en colère, son premier réflexe était de se réfugier dans l'abri le plus proche.

Le second mari de sa mère était un homme violent et elle avait appris très tôt à se mettre à l'abri des coups tout en protégeant Chrissie. Elle secoua la tête. C'était du passé. Cesare ne lèverait jamais la main sur elle. Elle en avait la conviction.

Mais ça ne l'empêchait pas d'être hérissée par son attitude. Quelle raison avait-il de se mettre en colère ? N'avait-il pas éprouvé de plaisir ? Pour sa part, elle avait été comblée, hormis une douleur vive mais passagère. En fait, cette douleur avait été moins traumatisante que la réaction de Cesare. Pourquoi avait-il été aussi irrité par cette découverte ? Pourquoi l'avait-il harcelée de questions ? N'avait-il donc aucune sensibilité ? N'avait-il pas compris qu'elle n'avait pas envie d'en parler ?

De l'autre côté de la porte, Cesare arpentait la chambre avec rage. Pourquoi ne l'avait-elle pas prévenu ? Etait-elle embarrassée par son inexpérience ? Dire qu'il avait trouvé attendrissant de la voir rougir… Comment avait-il pu être aussi aveugle ? Il aurait dû comprendre… Et comme s'il n'avait pas déjà été assez nul, il en avait rajouté en la soumettant à un interrogatoire tout de suite après l'amour. Quel idiot ! Mais quel idiot !

Ce n'était pas ainsi qu'il avait imaginé le démarrage de leur mariage. En ce moment, elle devait être en train de pleurer dans son bain en se maudissant d'avoir accepté de coucher avec lui.

Et pourtant, l'expérience avait été si fabuleuse qu'il n'avait qu'une hâte. Recommencer. Galvanisé par cette perspective, Cesare enfila un vieux jean et descendit au rez-de-chaussée en réfléchissant à un moyen de se racheter aux yeux de son épouse. Avant d'avoir le temps de trouver l'ombre d'une idée, il entendit les hurlements lointains d'Archie, relégué dans sa niche. Ce bruit lui redonna le sourire. Il allait réparer son erreur et donner un nouveau départ à la lune de miel. Pour ça il était prêt à tous les sacrifices !

Dès qu'il le vit, Archie interrompit ses hurlements et se précipita vers lui sur trois pattes. Non pas parce qu'il lui était particulièrement attaché, mais parce qu'il le savait susceptible de le mettre sur la piste de sa maîtresse…

7.

Archie gémit devant la porte de la salle de bains.

— Allons, tu peux faire mieux, dit Cesare en lui donnant un morceau de poulet qu'il avait pris dans une assiette sur la table basse située à côté du lit.

Pour un chien à trois pattes, Archie était très vif. Il attrapa le morceau au vol.

— Maintenant tu as une mission, lui rappela Cesare. Il faut que tu la fasses sortir de la salle de bains.

Archie s'approcha de la porte et essaya de la pousser, mais son collier gonflable l'en empêcha. Il s'assit et poussa un hurlement plaintif. En récompense, Cesare lui lança un autre morceau de poulet. Archie hurla de nouveau avec conviction.

Lizzie se réveilla et se redressa brusquement dans l'eau froide, éclaboussant le sol. Archie hurlait derrière la porte… ou bien avait-elle rêvé ? Elle sortit précipitamment de la baignoire, saisit un drap de bain et s'enveloppa dedans. Au même instant, Archie poussa un nouveau hurlement. Elle jeta un coup d'œil à la montre posée sur une étagère et ouvrit de grands yeux. Elle avait dormi deux heures ! Elle tira le verrou et ouvrit la porte.

— Oh ! mon chou, je t'ai oublié ! Tu t'es senti abandonné ? demanda-t-elle en s'accroupissant pour caresser le petit chien.

— Tu veux souper ? demanda Cesare depuis le lit, sur lequel il était nonchalamment étendu.

Hérissée par son ton désinvolte, elle était sur le point de lui dire sèchement ce qu'il pouvait faire de son souper, quand son estomac se mit à gargouiller. Elle mourait de faim… Mais il était vrai qu'elle n'avait presque rien mangé au dîner.

Elle se redressa et arrangea ses cheveux mouillés derrière ses oreilles.

— Tu veux toujours des réponses, je suppose ?

— Je mentirais si je disais le contraire, reconnut-il en se renversant contre les oreillers, les mains croisées derrière la tête.

S'efforçant de ne pas fixer son torse puissant dont les muscles saillaient sous son T-shirt noir, elle remarqua la table basse chargée de victuailles et éclairée par des bougies, à côté du lit. Elle eut soudain le sentiment de goûter le calme après la tempête. Après tout, le pire était déjà arrivé, non ? Qu'avait-elle à craindre à présent ? Ni le mariage ni le sexe. Cesare l'avait — brièvement — effrayée, mais il n'y était pour rien. Le responsable était le beau-père qui lui avait fait faire des cauchemars longtemps après être sorti de sa vie.

— Quand tu t'es mis en colère, tu m'as fait peur, expliqua-t-elle franchement. Ma mère a été mariée à un homme qui la battait quand il était en colère.

Cesare se leva d'un bond, l'air outré.

— Jamais je ne te toucherai !

— Je n'en doute pas. Mais prendre la fuite dès qu'un homme se fâche reste un réflexe. C'est plus fort que moi. Les deux années pendant lesquelles maman est restée mariée avec cet homme ont été très dures pour Chrissie et moi.

Cesare laissa échapper un grognement consterné.

L'idée qu'il avait pu, même involontairement, effrayer Lizzie lui était odieuse…

— Il vous frappait aussi ?

— Il a tenté une ou deux fois, mais il était tellement ivre qu'il ne tenait pas sur ses jambes. Alors que nous, nous courions vite. Mais il est inutile de revenir là-dessus. C'est du passé. En revanche, je veux qu'une chose soit claire…

Elle eut une hésitation avant de poursuivre.

— Je veux bien parler d'Andrew, mais uniquement à condition que tu acceptes de parler de Serafina.

La mâchoire de Cesare se crispa.

— On peut savoir qui t'a mentionné son existence ?

— Ta grand-mère… et je suis curieuse, moi aussi, reconnut-elle avant d'entrer dans le dressing.

Elle accrocha le drap de bain derrière la porte et prit une chemise de nuit dans la penderie. En l'enfilant elle s'aperçut dans le miroir. Ce qui restait de son vernis de sophistication s'était évaporé suite à son bain prolongé. L'humidité avait fait frisotter ses cheveux, lissés pour le mariage… Elle soupira. Pour sa nuit de noces, Cesare avait droit à la *vraie* Lizzie Whitaker.

Lorsqu'elle sortit du dressing avec Archie sur les talons, elle tenta de prendre un air désinvolte sous le regard pénétrant de Cesare. Mais à son grand dam, elle ne parvint pas à maîtriser le trouble qui l'envahissait. Une chaleur se répandait entre ses cuisses, tandis que les pointes de ses seins se durcissaient. Dire qu'elle avait choisi exprès une chemise de nuit longue au décolleté très sage… A en juger par l'éclat de ses yeux dorés, ça n'avait pas l'effet escompté sur Cesare…

Fasciné par les jambes de Lizzie, visibles par transparence sous sa chemise de nuit à la lumière des bougies, Cesare s'efforçait de réprimer le désir qui le taraudait. Lorsqu'elle se pelotonna au pied du lit et prit une assiette, la soie se colla à ses seins, soulignant leurs bourgeons hérissés. Il réprima un grognement étranglé.

— Qui commence ? demanda-t-elle.

— Moi, se surprit-il à répondre.

Finalement, il trouvait plutôt amusant qu'elle ait envie de remonter aussi loin dans son passé… Même si l'idée que sa grand-mère avait jugé bon d'évoquer cette histoire devant elle était pour le moins irritante. Athene croyait-elle vraiment qu'un amour de jeunesse pouvait avoir encore de l'influence sur lui aujourd'hui ?

— Serafina… c'est un beau nom, déclara Lizzie d'un air pensif.

— Celle qui le porte est très belle aussi. Nous étions étudiants. Moi, en management, elle, en droit des affaires. C'était mon premier amour, avec ce que ça suppose d'exaltation. J'étais mordu et je voulais l'épouser, mais elle disait que nous étions trop jeunes. Elle n'avait pas tort. Très ambitieuse, elle a commencé à travailler dans un prestigieux cabinet d'avocats comptant parmi ses clients des gens très riches et très influents…

La voix de Cesare s'éteignit.

— Vous étiez encore ensemble à cette époque ? demanda Lizzie pour rompre le silence qui se prolongeait.

— Absolument. Nous vivions même ensemble. J'avais réussi un coup en bourse qui m'avait permis de racheter ma première entreprise plus tôt que prévu et l'avenir était prometteur. Deux semaines après avoir été engagée, Serafina a rencontré Matteo Ruffini, qui l'a invitée à dîner dans l'intention de lui confier la responsabilité de ses affaires.

Cesare eut une moue désabusée.

— Très vite, elle est devenue de moins en moins disponible. Elle travaillait tard le soir et elle n'avait jamais le temps de déjeuner avec moi.

A en juger par sa voix de plus en plus tendue, Lizzie

compris que Serafina l'avait fait cruellement souffrir. Au point qu'il ne parvenait toujours pas à en parler avec indifférence.

— Elle voyait Matteo ?

— *Sí*... et dès l'instant où le *Prince* Matteo l'a demandée en mariage, je suis devenu de l'histoire ancienne. Il avait tout ce dont elle rêvait depuis toujours. De l'influence, un titre et une immense fortune. Son seul défaut, c'était qu'il avait soixante-quinze ans alors qu'elle venait d'en avoir vingt-cinq.

— Mon Dieu ! C'est une différence énorme ! Elle t'a dit qu'elle était tombée amoureuse de lui ?

— Non. Ç'aurait peut-être été plus facile à accepter, sinon à croire. Non, elle m'a juste dit que c'était un trop beau parti pour qu'elle refuse de l'épouser et que si elle arrivait à lui donner un héritier, elle serait riche jusqu'à la fin de ses jours.

Cesare soupira.

— J'ai pris conscience que je ne la connaissais pas vraiment. Et j'ai perdu toute confiance dans les femmes.

— C'est naturel.

Bouleversée, Lizzie se surprit à injurier mentalement la femme qui avait brisé le cœur de Cesare. Comme elle s'était trompée sur lui ! Il avait été prêt très jeune à s'engager dans le mariage... et la femme qu'il aimait l'avait trahi de la pire des manières. Imaginer sa souffrance était déchirant...

— A ton tour, rappela-t-il.

— Andrew était mon meilleur ami depuis très longtemps. Nous avions beaucoup de points communs et nous nous entendions merveilleusement bien, mais il ne m'a jamais vraiment invitée à sortir avant mes vingt ans. J'étais déjà amoureuse de lui... du moins je le croyais. Tout le monde trouvait que nous formions un couple parfait et quand il m'a demandée en mariage, papa était aux anges. J'ai accepté de me fiancer avec lui, à condition que nous ne nous précipitions pas et que nous continuions à nous voir comme avant, pendant encore quelque temps.

Déglutissant péniblement, Lizzie baissa les yeux sur ses mains.

— Dans l'intimité, ça ne marchait pas du tout entre nous.

— Et tu n'as pas couché avec lui, commenta Cesare, le cœur serré à la vue du visage pâle et crispé de Lizzie.

— Non, je n'avais pas envie, confia-t-elle en faisant des efforts pour surmonter sa gêne. Je me raidissais à chaque fois qu'il m'approchait et il me disait que j'étais frigide. Je pensais que j'avais vraiment un problème. Que je n'aimais pas qu'on me touche. C'est pour ça que je n'ai fréquenté aucun autre homme après lui et que je ne lui en ai pas voulu de m'avoir préféré Esther.

— Tu n'as aucun problème, bien sûr ! Tu manquais juste d'expérience. Et lui aussi peut-être…

— Non, ce n'est pas ça, coupa Lizzie en secouant la tête.

Le plaisir que lui donnait Cesare éclairait son passé d'un jour nouveau, très réconfortant. Elle en avait pris conscience avant de s'endormir dans son bain. Son seul vrai problème avec Andrew c'était qu'elle l'avait toujours considéré comme un frère. Le frère qu'elle n'avait pas eu.

A présent elle voyait les choses telles qu'elles étaient et non telles qu'elle aurait voulu qu'elles soient à l'époque. Elle n'avait jamais été attirée par Andrew. Son affection pour lui était réelle, mais purement platonique. Il avait toujours été pour elle un ami plutôt qu'un amant potentiel. Aujourd'hui, après avoir découvert le plaisir dans les bras de Cesare, elle comprenait enfin qu'elle n'était pas responsable de l'échec de sa relation avec Andrew.

— Je l'aimais beaucoup et je l'appréciais, mais il ne m'attirait pas. Malheureusement, j'étais trop inexpérimentée pour pouvoir analyser la situation… et il était blessé par ma froideur.

— Il semble heureux aujourd'hui, dit Cesare en prenant un morceau de poulet.

Aussitôt, Archie s'assit et leva le museau, plein d'espoir.

— Oh ! mon Dieu, regarde ce qu'il fait ! s'exclama Lizzie en écarquillant les yeux. Il quémande… Je ne savais même pas qu'il savait faire ça !

Elle pouffa et Cesare donna le morceau de poulet à Archie pour le récompenser d'avoir fait rire sa maîtresse.

— Mais c'est vrai que je ne lui ai jamais donné à manger comme ça, reprit-elle. Si je l'avais fait pendant les repas, mon père aurait été outré et il s'en serait pris à lui. De toute façon, la plupart du temps je le laissais dehors.

— Je soupçonne Archie d'être assez intelligent pour adopter un profil bas en présence de ton père.

— Tu as déjà eu un animal de compagnie ?

— J'aurais bien aimé quand j'étais enfant, mais je faisais sans arrêt des allers-retours entre chez ma grand-mère et l'appartement de Goffredo. Je ne pouvais pas trimbaler un animal.

— C'est toi qui as improvisé ce souper ?

— Les domestiques sont couchés. Je ne leur demande jamais de travailler la nuit. J'ai tout simplement vidé le réfrigérateur.

— Et tu as fait monter Archie pour m'attirer hors de la salle de bains…

Lizzie posa leurs assiettes vides sur la table basse et se glissa sous le drap en annonçant d'un air contrit :

— Je suis fatiguée.

— Une jeune mariée n'est pas censée être fatiguée,

surtout quand elle s'est prélassée pendant des heures dans son bain, répliqua Cesare, les yeux pétillant de malice.

Il lui suffisait d'un regard pour lui couper le souffle, songea-t-elle en fermant les yeux. Mais c'était « purement sexuel », comme il l'avait dit. Il fallait apprendre à considérer cet aspect de leur relation avec la même désinvolture. Y parviendrait-elle ? Elle avait déjà une fâcheuse tendance à le trouver attachant…

— Archie peut dormir sous le lit, décréta-t-il. Mais pas dedans avec nous.

— Il vaudrait mieux éviter de… faire quoi que ce soit, murmura-t-elle, les joues en feu. Je… J'ai un peu mal…

— Ce n'est pas un problème.

Soulagée, elle sourit et ferma les yeux.

Cesare se leva et se déshabilla en contemplant son visage détendu. *Mission accomplie, lune de miel de nouveau sur les rails*, songea-t-il avec satisfaction. Lorsqu'il se glissa sous les draps à côté d'elle, il se surprit à glisser un bras autour de sa taille. C'était parce qu'elle avait le sommeil agité, se dit-il aussitôt. S'il la laissait libre de bouger, elle allait le gêner.

Curieusement, malgré l'épisode de la salle de bains, elle ne l'avait pas agacé un seul instant. Peut-être parce qu'elle n'avait rien d'une femme intéressée, comme il l'avait cru au départ. Pourquoi l'avait-il si mal jugée ? Après tout, il avait une grand-mère, une belle-mère et trois sœurs, qui n'étaient ni riches ni intéressées.

Pendant toutes ces années, avait-il délibérément recherché des femmes qui ne s'intéressaient qu'à son argent ? Et, si oui, était-ce vraiment par goût des relations éphémères ? Ou bien par crainte de retomber amoureux ? Presque dix ans s'étaient écoulés depuis que Serafina l'avait laissé tomber pour épouser son prince. Il refusait de penser qu'elle l'avait traumatisé au point de l'empêcher de s'engager dans une relation durable.

Et pourtant, depuis dix ans, il n'avait jamais vécu ne serait-ce que temporairement avec une femme…

Dans l'obscurité, Cesare jura silencieusement. Que lui arrivait-il ? Se livrer à l'introspection n'était pas dans ses habitudes… C'était sans doute l'alliance qu'il portait au doigt qui le perturbait. C'était le fait de se sentir marié et peut-être un peu piégé… avec Archie qui ronflait à côté du lit et Lizzie qui était blottie contre lui.

Mais elle s'était mariée par intérêt tout comme lui, se rappela-t-il. C'était un mariage de convenance. S'ils devaient vivre comme un couple normal, c'était uniquement parce qu'ils avaient prévu de faire un enfant. Pourquoi le fait de coucher avec une femme devrait-il systématiquement déboucher sur une relation sérieuse ? Il n'y avait aucune raison. Depuis Serafina, il n'avait jamais fait le moindre effort pour une femme. Il n'était pas stupide au point d'en faire pour Lizzie, non ?

Les ronflements d'Archie semblèrent prendre soudain des accents moqueurs.

8.

Tandis que sa femme descendait de la Ferrari, Cesare jeta un coup d'œil aux hommes qui la dévoraient des yeux. Vêtue d'une robe bain de soleil turquoise moulante, et chaussée de sandales à talons aiguilles qui soulignaient la finesse de ses chevilles, elle était divine avec sa crinière cendrée flottant au vent. Il releva ses lunettes de soleil et foudroya les hommes du regard avant de lui prendre ostensiblement la main.

Ils s'installèrent à une table en terrasse sur la *piazza,* et le serveur accourut aussitôt, comme aimanté par l'air autoritaire de Cesare. Lizzie le contemplait, fascinée par ses yeux dorés. A quoi pensait-il ? se demanda-t-elle quand ces derniers se posèrent sur elle. Cette question quittait rarement son esprit et elle devait se mordre la langue pour ne pas la lui poser. Mais quoi d'étonnant à cela ? Leur mariage de convenance avait pris une tout autre tournure… du moins pour elle.

Ils étaient en Italie depuis un mois, au cours duquel Cesare avait fait plusieurs voyages d'affaires. Un week-end il avait amené sa famille et Chrissie en jet, et ils avaient passé deux jours merveilleux dans une atmosphère exubérante et chaleureuse. Lizzie n'avait jamais été aussi heureuse et elle en était un peu effrayée. Elle était consciente de nourrir des espoirs qui ne pouvaient aboutir qu'à une cruelle déception. Son cœur avait été touché dès leur nuit de noces et le matin qui avait suivi lorsqu'elle s'était réveillée dans les bras de Cesare.

Depuis quatre semaines, elle vivait une vie de rêve en compagnie d'un mari prévenant doublé d'un amant passionné. Il lui avait fait visiter la région, il l'avait emmenée au restaurant sur des *piazzas* pittoresques, il lui avait montré de vieilles églises éclairées par le soleil qui filtrait à travers les vitraux. Aujourd'hui ils s'étaient promenés sur les fortifications de Lucques, construites autour de la ville au XVIIe siècle. Elle caressa la montre en or qui brillait à son poignet, le dernier cadeau qu'il lui avait offert. Il était aussi généreux comme mari que comme amant. Il s'intéressait à elle et savait tout de son enfance. C'était particulièrement grisant car elle ne s'était jamais considérée comme quelqu'un digne d'intérêt. Etre entourée d'attentions par un homme aussi séduisant et plein d'esprit lui permettait de se voir sous un jour plus flatteur.

Il fallait reconnaître que Cesare Sabatino jouait son rôle de mari avec le talent d'un grand acteur. Et sans l'avoir cherché, il lui avait tourné la tête. C'était un homme captivant. D'une intelligence hors du commun et d'une sensibilité impressionnante. Comment ne pas tomber éperdument amoureuse de lui ? Archie était désormais l'heureux possesseur d'un collier incrusté de diamants formant son nom et d'un lit à baldaquin réservé à son usage exclusif. Comment ne pas aimer l'homme qui avait offert à son chien ces cadeaux inutiles, ridiculement luxueux, mais si touchants ?

Résultat, elle avait horriblement peur dc tomber enceinte. Une fois cet objectif atteint, il était probable que leur lune de miel prendrait fin et que leur mariage redeviendrait ce qu'il n'avait jamais cessé d'être, à part dans ses rêves. Un arrangement.

Cesare n'aurait plus aucune raison de continuer à

jouer son rôle de mari idéal. Quelques jours après le mariage, elle avait constaté qu'elle n'était pas enceinte. Il avait alors dit en riant qu'ils avaient tout le temps.

— Et s'il y a un problème ? Si pour une raison ou une autre, ça ne marche pas ?

Il avait haussé les épaules et suggéré d'attendre un an avant de consulter un médecin. Si une grossesse s'avérait impossible, ils affronteraient le problème le moment venu, avait-il dit tout en lui conseillant de ne pas s'angoisser.

— J'espère que tu as prévu une tenue spéciale pour ce soir, déclara-t-il après avoir bu une gorgée de vin. C'est un vrai défilé de mode.

— Je croyais que c'était un gala de bienfaisance.

— En Italie ce genre de soirée ressemble toujours à un défilé de mode.

— J'ai le choix entre au moins quatre robes longues. Ne t'inquiète pas, je serai à la hauteur.

— *Ma*… je n'en doute pas, dit-il en lui caressant la main. Tu es toujours splendide, *gioia mia*. Pourquoi aurais-je peur que tu ne sois pas à la hauteur ?

— Je ne fais pas partie du même monde que toi, et je n'en ferai jamais partie. C'est toujours un défi pour moi de mettre des tenues élégantes et de faire semblant d'être quelqu'un que je ne suis pas.

— Il te suffit d'être toi-même. Tu as deux… non, trois atouts, fit-il valoir, les yeux pétillant de malice.

— Lesquels ?

— La beauté, la classe et mon alliance au doigt. Je suis un homme influent. Tu seras traitée avec respect et courtoisie.

Un sourire involontaire illumina le visage de Lizzie et elle se mordit la lèvre. Des mots d'amour avaient failli lui échapper ! Elle ferait bien de se surveiller… Il ne fallait pas oublier qu'il jouait un rôle pour que leur mariage fonctionne. Si elle lui avouait ses sentiments, il serait consterné d'apprendre que de son côté elle ne jouait pas la comédie…

— Il faudrait rentrer bientôt, dit-elle pour masquer sa confusion.

— Oui, ça nous laisserait le temps de faire une sieste crapuleuse…

Cesare se leva aussitôt, déposa un billet sur la table et l'enveloppa d'un regard brûlant.

— Encore ?

Elle était toujours aussi impressionnée par la libido insatiable de Cesare. Il semblait avoir envie d'elle tout le temps et partout. Ce qui était très agréable, puisque c'était réciproque.

Posant une main au creux de ses reins, il l'entraîna vers la Ferrari. A peine assis au volant, il se tourna vers elle, referma une main sur sa nuque et l'embrassa avec fougue. Lorsqu'il finit par démarrer, elle était vibrante de désir. Tout en conduisant, il fit glisser sa robe sur ses cuisses pour les dénuder.

— J'aime regarder tes cuisses. Surtout quand je sais que je vais bientôt me glisser entre elles, murmura-t-il d'une voix rauque.

Puis il pouffa en la voyant s'empourprer.

En fin d'après-midi, Lizzie étudia son reflet dans le miroir. La coupe sobre de sa robe noire chatoyante mettait sa silhouette en valeur avec une élégance discrète qui lui plaisait beaucoup. Elle commençait à avoir des goûts très précis, et ce qu'elle détestait le plus c'était les fanfreluches et les couleurs criardes.

Elle fut parcourue d'un frisson au souvenir de la passion qui les avait enflammés Cesare et elle pendant leur sieste. Mais l'image qui restait gravée dans son esprit c'était celle de Cesare, superbe dans sa nudité, se calant contre les oreillers après l'amour et reconnaissant enfin à quel point il était soulagé qu'Athene aille mieux après un problème postopératoire.

Pendant des jours il avait prétendu qu'il n'était pas inquiet, alors qu'elle le voyait se pétrifier à chaque fois que le téléphone sonnait. Qu'il ait enfin renoncé à feindre le détachement pour lui confier ses angoisses l'avait profondément touchée. Ils avaient rendu plusieurs fois visite à sa grand-mère à la clinique de convalescence à Rome. Une fois de plus elle avait été charmée par la vieille dame, très enjouée malgré sa fatigue et très affectueuse avec Cesare.

Le lendemain ils partaient pour Lionos, où Athene les rejoindrait un jour plus tard. Si Cesare l'avait épousée, c'était uniquement pour pouvoir emmener sa grand-mère sur l'île, se rappela Lizzie, comme elle le faisait régulièrement. Ce n'était pas une pensée réjouissante, mais ça ne l'empêchait pas d'être impatiente de découvrir cette île, qu'Athene lui avait décrite avec enthousiasme. Il fallait juste espérer que les travaux, supervisés par l'imperturbable Primo, seraient à la hauteur des attentes de Cesare.

Une limousine avec chauffeur les attendait pour les conduire à la soirée. Des paparazzis étaient massés devant l'hôtel particulier où se tenait le gala de bienfaisance. Les flashs firent tressaillir Lizzie. Elle prit soudain conscience qu'elle était mariée à un homme célèbre dans son pays d'origine pour sa réussite exceptionnelle.

— Ça t'a plu d'être la cible des flashs ? demanda Cesare.

— Pas du tout. Je ne me sentais pas assez sophistiquée.

— Tu es pourtant parfaite.

Lizzie observa les autres femmes et réprima un soupir. Non, elle n'était pas parfaite, loin de là. Elle aurait dû aller chez le coiffeur et l'esthéticienne. Cesare attachait-il beaucoup d'importance à l'image qu'elle pouvait offrir ? Allait-il bientôt la comparer aux femmes qui l'avaient précédée dans son lit ?

Ses recherches sur Internet lui avaient appris qu'au cours des dernières années il avait surtout fréquenté des top models. Elle aurait peut-être intérêt à faire plus d'efforts…

Alors qu'ils étaient entourés par les membres du comité de direction de l'association caritative organisatrice du gala, dont Cesare faisait partie, une brune sculpturale, vêtue d'une robe rose moulante ornée de volants en dentelle, les rejoignit. Cesare fit les présentations.

— Lizzie je te présente notre hôtesse, la princesse Serafina Ruffini… Serafina, voici mon épouse, Lizzie.

— Bienvenue, Lizzie.

Serafina se pencha vers Lizzie pour faire deux bises dans le vide, puis lui adressa un sourire éclatant. Tétanisée, Lizzie s'efforça de masquer la colère qui la submergeait. Pourquoi Cesare ne l'avait-il pas prévenue que le gala avait lieu chez son ex-petite amie ? Visiblement inconscient de sa nervosité, il se mit à discuter de la recherche contre le cancer avec un homme d'un certain âge. Lizzie fit de son mieux pour bavarder avec l'épouse de ce dernier, qui ne connaissait que quelques mots d'anglais. Elle allait prendre des cours d'italien dès que possible, se promit-elle tout en observant du coin de l'œil Serafina, entourée d'un groupe de jeunes gens joyeux à l'autre bout de la salle.

Quand Cesare avait décrit Serafina comme très belle, il n'avait pas exagéré. Elle avait des yeux noirs en amande, la peau mate, une somptueuse crinière de jais et le genre de bouche pulpeuse dont les hommes semblaient fous. Et, surtout, elle appartenait au même milieu social que Cesare et fréquentait visiblement les mêmes cercles...

Oui, mais leur histoire était terminée depuis dix ans, se rappela Lizzie avec agacement. Pourquoi se sentirait-elle menacée ? C'était ridicule.

En discutant avec l'une des organisatrices, qui parlait couramment anglais, Lizzie apprit que les membres de l'association caritative étaient très reconnaissants à Serafina, non seulement d'avoir pris récemment la décision de parrainer l'association, mais aussi de leur avoir proposé d'organiser le gala dans son hôtel particulier. Le parrainage de la *principessa* leur apporterait la publicité dont ils avaient besoin pour récolter des fonds destinés à la construction d'un établissement accueillant des enfants incurables.

La salle de réception était bondée et il faisait une chaleur étouffante. Lizzie jeta un coup d'œil aux portes qui ouvraient sur la terrasse, de l'autre côté de la pièce. Son verre d'eau à la main, elle fut prise de nausée.

— Excusez-moi, j'ai trop chaud. Je crois qu'il vaut mieux que je prenne l'air quelques instants, dit-elle à son interlocutrice.

Des tables et des fauteuils étaient disposés sur la terrasse éclairée par des lanternes. Lizzie s'assit avec soulagement et inspira une grande bouffée d'air frais. Elle se sentait déjà un peu mieux... Etait-elle juste fatiguée, ou bien enceinte ? Son cœur se gonfla de joie, puis se serra aussitôt. Si c'était le cas, Cesare allait-il prendre ses distances ? Allait-il cesser de la traiter comme une véritable épouse ?

— Je vous ai vue sortir, dit une voix féminine. J'ai eu envie de faire votre connaissance. Je connais Cesare depuis tant d'années...

Serafina Ruffini s'assit en face d'elle, sourire aux lèvres.

— Vous n'êtes pas mariés depuis longtemps, n'est-ce pas ?

— Non, un mois seulement, répliqua Lizzie en s'efforçant de garder un visage serein sous le regard pénétrant de la jeune femme.

— Mon mari, Matteo, est décédé l'année dernière. J'ai la chance de trouver du réconfort auprès de mon fils de sept ans.

— Je suis désolée, murmura Lizzie. Ça doit être dur pour vous et votre fils.

— Nous nous habituons à ne plus être que deux.

Serafina fit signe à un serveur d'un geste impérieux.

— Vous voulez du champagne ?

— Non, merci, répondit Lizzie avec un sourire contraint.

Une fois le champagne servi, Serafina se cala dans son fauteuil.

— Vous êtes au courant de mon histoire avec Cesare, je suppose ?

Lizzie se raidit.

— Oui.

— Je peux être franche avec vous ?

— Oui, mais je ne pense pas que Cesare apprécierait que nous parlions de lui derrière son dos.

— Ne vous inquiétez pas, il a l'ego solide, répliqua Serafina en riant. Sans doute à cause de cette habitude d'avoir les femmes à ses pieds.

— C'est pour ça que vous ne l'avez pas épousé ? s'entendit demander Lizzie. Parce que vous le considériez comme un séducteur ?

— Oh ! non, pas du tout ! Je me suis mariée par intérêt. Par désir de sécurité financière. Je n'ai pas grandi comme lui dans une famille aisée. Je viens d'un milieu très modeste et j'ai dû travailler dur pour avoir une bonne situation. J'avais très peur de retomber dans la pauvreté. Matteo était un homme riche et influent, alors que Cesare démarrait dans le monde des affaires. J'aimais Cesare, mais la sécurité que me garantissait Matteo était irrésistible pour moi.

Désarçonnée par cette franchise, Lizzie déclara d'un ton neutre :

— Vous avez pris la bonne décision pour vous.

Serafina leva son verre en signe de remerciement.

— C'est ce que je pense également. Même si la réussite exceptionnelle de Cesare m'a fait regretter de ne pas avoir cru davantage en lui.

— Je n'en doute pas. Cependant, vous aviez déjà un mari et un enfant. La situation avait changé.

— Oui, mais j'aimerai toujours Cesare. Et je vous préviens, j'ai bien l'intention de le reconquérir.

— Vous vous imaginez que je vais rester là à vous écouter ? s'exclama Lizzie en se redressant.

L'égocentrisme de Serafina, elle en avait par-dessus la tête…

— Ne partez pas, intima Serafina. Je suis désolée si je vous ai choquée, mais je veux que vous compreniez une chose. Il vous a épousée pour se venger de moi.

Malgré elle, Lizzie resta assise.

— Se venger ?

— Pour quelle autre raison ? Il veut me faire souffrir comme je l'ai fait souffrir il y a dix ans. C'est une évidence.

— Ne vous est-il pas venu à l'esprit qu'il a peut-être tourné la page et qu'il ne veut plus de vous ? rétorqua Lizzie, exaspérée.

L'arrogance de cette femme était insupportable ! Et, après tout, elle était censée se comporter comme une véritable épouse. Ça faisait deux excellentes raisons de réagir avec vigueur…

— Votre histoire est terminée depuis longtemps, il me semble.

— On n'oublie *jamais* son premier amour, affirma Serafina avec force. La preuve c'est qu'il vit dans la maison dont nous avions rêvé ensemble.

— Quelle maison ?

— La ferme. Nous l'avons découverte quand nous étions étudiants. C'était la nuit, il pleuvait et nous avons fait l'amour dans la grange.

Lizzie baissa précipitamment les yeux pour masquer son désarroi. Trop de détails... Imaginer Cesare faisant l'amour à Serafina était insupportable. Si elle ne se retenait pas, elle arracherait sa flûte à cette garce et lui jetterait son champagne au visage. Elle avait épousé un vieil homme pour son argent, alors qu'elle était amoureuse de Cesare. Aujourd'hui, elle voulait le récupérer et elle n'hésitait pas à s'en vanter devant son épouse ? En lui révélant des détails intimes ? Cette femme était vraiment odieuse !

— J'étais déjà mariée avec Matteo, mais Cesare a quand même acheté la ferme dès qu'elle a été mise en vente, poursuivit Serafina d'un ton suffisant. La nuit, si vous regardez de l'autre côté de la vallée depuis la terrasse, vous verrez les lumières du *palazzo* Ruffini sur la colline. Il veut recommencer avec moi, Lizzie. Il est juste trop fier pour le reconnaître pour l'instant.

— Je ne pense pas qu'il m'aurait épousée si c'était son intention, objecta Lizzie sans conviction.

Serafina eut un petit rire méprisant.

— Votre mariage ne durera pas et je suis prête à attendre qu'il décide de me pardonner.

Lizzie se leva.

— Si vous le dites... En tout cas, vous ne pouvez pas me demander de vous souhaiter bonne chance...

Et je ne comprends vraiment pas pourquoi vous avez tenu à me parler.

— Parce que vous pouvez faciliter les choses à tout le monde en vous éclipsant discrètement dès que Cesare reconnaîtra qu'il veut reprendre sa liberté. Si c'est une question d'argent…

— Non ! coupa Lizzie, outrée. Je n'ai pas besoin d'argent et on ne peut pas m'acheter ! J'aimerais pouvoir dire que je suis enchantée d'avoir fait votre connaissance…, mais ce serait mentir.

Serafina arqua un sourcil dédaigneux.

— Vous êtes fille de fermier et vous n'avez aucune instruction. Vous ne croyez pas sérieusement être en mesure de garder un homme comme Cesare ? Lui et moi sommes faits l'un pour l'autre.

9.

Lizzie quitta la terrasse et regagna la salle. Malgré la migraine qui lui vrillait les tempes, elle fit miraculeusement bonne figure jusqu'à la fin de la soirée.

Cependant, elle finit par avoir mal à la mâchoire à force de sourire tout en se retenant de hurler sa rage. Comment Cesare avait-il pu être amoureux d'une femme aussi égoïste et avide que Serafina ? Celle-ci ne voulait renouer avec lui que parce qu'il avait bâti un empire qui pesait des milliards !

A son grand dam et malgré tous ses efforts pour les oublier, certaines paroles de Serafina restaient gravées dans son esprit. « On n'oublie *jamais* son premier amour. » « Il vous a épousée pour se venger de moi. » « Lui et moi nous sommes faits l'un pour l'autre. »

En réalité, quelles raisons avait-elle de penser que ces affirmations étaient fausses ? Après tout, Cesare ne tenait pas autant à Lionos que son père et sa grand-mère. Il n'y avait jamais mis les pieds et il avait probablement les moyens de s'acheter une autre île si ça lui chantait. Etait-il possible qu'il l'ait épousée pour une tout autre raison ? Pour se venger de Serafina ?

Réprimant un soupir exaspéré, Lizzie s'efforça de faire le vide dans son esprit. Inutile de se poser en boucle des questions auxquelles elle était incapable de répondre. Pour la bonne raison qu'elle ignorait à la fois ce que Cesare éprouvait pour Serafina et ce qu'il éprouvait pour elle…

— Tu n'as pas dit un mot depuis que nous avons quitté le gala, déclara Cesare alors que la limousine s'arrêtait devant la maison.

Elle avait paru inhabituellement enjouée toute la soirée… Pourtant, il pensait qu'elle serait intimidée par cette assemblée prestigieuse et qu'elle ne le quitterait pas d'une semelle. Et, curieusement, au lieu d'être soulagé qu'elle ne reste pas collée à lui en permanence, il en avait été contrarié. Il aimait pourtant les femmes indépendantes…

Serafina, en revanche, s'était arrangée pour se retrouver en tête à tête avec lui. Et il n'avait pas du tout apprécié…

— Je suis très fatiguée, répliqua Lizzie d'une voix crispée.

Cesare la suivit dans la chambre et descendit sa fermeture Eclair sans lui demander son avis. Elle laissa la robe glisser à ses pieds, puis elle gagna la salle de bains sans même lui jeter un regard. Pourquoi faisait-elle la tête ? se demanda-t-il avec agacement. S'il y avait une chose qu'il ne supportait pas, c'était bien ça. En soupirant, il prit un jean dans un tiroir et se changea. Lorsqu'il vit Archie qui le fixait depuis son petit lit à baldaquin, il hocha la tête.

— Tu as raison, Archie… C'est le moment de manger un morceau.

Le chien sauta de son lit. On lui avait enlevé son plâtre la veille, mais il marchait toujours sur trois pattes, comme s'il craignait que la quatrième ne soit pas assez solide. En haut de l'escalier Cesare le prit sous son bras, puis il descendit à la cuisine où il partagea avec lui tout ce qui lui tombait sous la main dans le réfrigérateur.

Lizzie sortit de la salle de bains et poussa un soupir frustré en trouvant la chambre vide. Après réflexion, elle avait décidé qu'il était très lâche de ne pas demander à Cesare pourquoi il ne l'avait pas prévenue que le gala se tenait chez son ex-petite amie.

Si elle l'avait su elle serait allée chez le coiffeur et chez l'esthéticienne… A quoi bon le nier ? Elle était jalouse. Férocement jalouse… Elle sortit sur le palier pour regarder l'ancienne grange par la fenêtre et elle eut l'impression qu'une poigne d'acier lui broyait le cœur. Cesare avait fait l'amour dans cette grange avec Serafina. A l'époque il l'aimait et il voulait l'épouser…

Elle enfila un peignoir de soie sur sa chemise de nuit et descendit au rez-de-chaussée. Cesare était allongé sur un canapé dans le salon. En jean et chemise bleue ouverte sur son torse, il était d'une beauté déchirante.

— Pourquoi ne m'as-tu pas prévenue ? demanda-t-elle depuis le seuil.

Cesare n'avait jamais supporté les scènes. A la vue des traits crispés et des yeux étincelants de Lizzie, il eut son réflexe habituel. Se levant d'un bond, il passa devant elle et prit ses clés de voiture sur la console du hall.

— Je vais faire un tour en voiture… Ne m'attends pas. Je rentrerai tard.

Abasourdie, elle se précipita vers la porte pour lui barrer le chemin.

— Tu plaisantes ?

— Pas du tout. Je n'ai pas envie de me quereller avec toi, *cara*. Je ne suis pas d'humeur.

Devant son visage fermé, Lizzie sentit son estomac se nouer.

— Tu aurais pu me prévenir que nous allions chez Serafina ce soir.

La mâchoire de Cesare se crispa.

— Je n'ai pas l'intention de discuter de Serafina avec toi.

— Pourquoi ?

— Parce que c'est un sujet qui ne te concerne pas. Qui n'a rien à voir avec toi.

Lizzie vacilla sur ses jambes et elle dut s'adosser à la porte. Elle avait l'impression de marcher sur une corde dans le noir et elle avait très peur de tomber dans le vide.

— Elle m'a parlé pendant dix minutes sur la terrasse et j'ai eu le sentiment d'être très concernée au contraire.

Les pommettes de Cesare s'enflammèrent.

— Elle t'a parlé de moi ?

Elle hésita.

— Je veux juste savoir pourquoi tu ne m'as pas précisé que nous allions chez elle ce soir.

Cesare réprima un soupir. Il y avait pensé. Puis il s'était souvenu que leur mariage n'était pas réel. Il n'avait aucune raison de lui donner ce genre de précisions. De toute évidence, elle était blessée. Quelle plaie !

— Serafina fait partie du décor. Beaucoup de mes amis sont aussi les siens. Je n'ai pas de raison de l'éviter. La voir ou pas c'est la même chose.

— Je ne te crois pas. Si c'était vrai tu m'aurais dit que nous allions chez elle.

— Tu me connais si bien que ça ? railla-t-il.

Lizzie pâlit.

— Je le croyais.

Cesare la prit par la taille et l'écarta de la porte.

— Si tu sors, je n'irai pas à Lionos avec toi !

Cesare se figea.

— Dans quel monde imaginaire vis-tu pour croire que tu peux me menacer ?

— Je veux juste que tu m'expliques.

— Je n'ai rien à expliquer. Mais toi, à un moment ou à un autre, tu me raconteras ce que Serafina t'a dit.

— L'honnêteté ne peut pas être à sens unique. Nous vivons comme un couple marié.

— Puisque nous *sommes* mariés.

— Tu me comprends…

Lizzie hésita, puis ce fut plus fort qu'elle.

— Tu me traites comme si j'étais réellement ta femme.

Cesare réprima un soupir. Et voilà… La vérité qu'il espérait esquiver car il ne savait pas comment l'expliquer. Il ne savait même pas quoi en penser. Pourquoi les femmes éprouvaient-elles toujours le besoin de tout décortiquer ? Comment s'était-il mis dans cette situation intenable ? Il croyait pourtant avoir pris toutes les précautions nécessaires pour l'éviter.

— Je veux savoir ce que t'a dit Serafina.

— Qu'elle veut renouer avec toi, que tu m'as épousée pour te venger d'elle, que je n'ai pas assez d'instruction pour te garder… Ah oui, et puis que cette maison est celle dont vous avez rêvé tous les deux, la nuit où vous avez fait l'amour dans la grange…

Les yeux de Cesare lancèrent des étincelles.

— *Madonna diavolo !* Elle n'aurait pas dû te mêler à ça !

Lizzie eut l'impression que son cœur volait en éclats. Il y avait donc un « ça » dont elle ignorait tout…

— Non, en effet, approuva-t-elle d'une voix blanche.

Cesare se raidit. Cette situation était insupportable…

— Je te rappelle que notre mariage n'est pas un vrai mariage. Nous ne sommes pas un couple au sens strict du terme…

Il fit une pause comme s'il attendait qu'elle intervienne, mais Lizzie en était incapable. Elle avait le sentiment que son sang était en train de quitter son corps pour se répandre sur le sol.

— Je vais me coucher, murmura-t-elle.

Elle ne parviendrait pas à fermer l'œil, bien sûr, mais il fallait à tout prix faire comme si elle était en état de fonctionner normalement.

— Je suis entièrement responsable, déclara Cesare à

mi-voix. J'en suis conscient. Je n'aurais jamais dû faire entrer le sexe dans l'équation.

— Et pourtant tu l'as encore fait il y a quelques heures à peine…

Inhabituellement indécis, Cesare hésita devant la porte. Il ne se sentait pas très bien. Il se sentait… Non, il était gagné par l'émotion. Or ça ne lui réussissait pas du tout. Et il s'était juré de ne plus tomber dans ce piège… plus jamais ! Il était temps de redresser la barre.

— Si je comprends bien, c'est retour à l'arrangement de départ, reprit Lizzie d'une voix à peine audible.

— Je trouve ça plus sage, pas toi ?

— Bonne nuit.

Elle pivota sur elle-même et se dirigea vers l'escalier. La porte se referma, puis le moteur de la Ferrari gronda. Elle courut jusqu'à la terrasse et regarda la colline, de l'autre côté de la vallée. Oui, le *palazzo* Ruffini était bien visible, tout illuminé. Elle l'avait déjà remarqué sans penser à demander à Cesare ce que c'était… Et, plus près, les lumières de la Ferrari qui filait dans la vallée. Les bras étroitement serrés, elle attendit un long moment. Ses pires craintes étaient-elles fondées ?

A cette distance, il était difficile d'en être certaine, mais elle jurerait que c'était bien la Ferrari qui montait à présent la colline en direction du *palazzo*. Cesare était parti rejoindre Serafina…

L'avait-il vue régulièrement pendant toute leur lune de miel ?

10.

Le lendemain matin, Lizzie retint son souffle en attendant le résultat du test de grossesse. Elle était enceinte. Ce qu'elle espérait et redoutait à la fois…

Bouleversée, elle sortit de la salle de bains pour déverrouiller la porte de la chambre. Hier soir, elle s'était barricadée, mais à présent qu'elle était certaine de porter le bébé de Cesare, il fallait regarder vers l'avenir. Pour le bien de l'enfant, elle ne pouvait pas rester en froid avec le père. Elle allait donc devoir prendre sur elle, surmonter son désarroi et s'en tenir à leur arrangement initial.

Il lui avait brisé le cœur ? Eh bien elle finirait par s'en remettre. Même si, pour l'instant, l'idée de vivre un seul jour loin de lui la déchirait…

Oui, se dit-elle en appliquant du baume pour les yeux sur ses paupières gonflées. Le chemin serait long jusqu'à la guérison, mais puisqu'elle était enceinte il fallait prendre le départ dès maintenant. Pour commencer, elle allait devoir jouer la comédie. Elle ne pouvait pas se permettre de manifester le moindre intérêt pour ce qui se passait entre Serafina et Cesare. Il lui avait dit clairement que cela ne la regardait pas et elle devait en rester là.

Lorsqu'il lui avait proposé de transformer leur arrangement en vrai mariage, il était entendu que ce serait un essai. Or si celui-ci avait été très concluant pour elle, ça n'avait visiblement pas été le cas pour lui... C'était difficile à accepter, mais elle n'avait pas le choix.

Elle descendit au rez-de-chaussée pour prendre son petit déjeuner, Archie sur les talons. Dès que le chien vit Cesare, qui avait pris l'habitude de le gâter honteusement, il se précipita vers lui. Cesare le caressa, puis il se redressa et regarda Lizzie en se passant la main dans les cheveux. Il était superbe, comme toujours, mais peut-être un peu moins assuré qu'à l'ordinaire...

— Je ne verrouillerai plus la porte de la chambre, déclara-t-elle d'un ton neutre. Hier soir, je n'ai pas pensé que tu aurais besoin de te changer.

— Je vais prendre une douche avant que nous partions pour l'aérodrome, répliqua-t-il en scrutant son visage. Lizzie, il faut que nous parlions.

— C'est inutile au contraire, s'empressa-t-elle d'objecter.

Dans l'état où elle se trouvait, discuter de l'échec de leur relation risquait de l'achever.

— Tout ce qu'il y avait à dire a été dit hier soir et nous n'avons pas besoin d'y revenir, ajouta-t-elle.

— Mais...

— J'ai réfléchi et tu as raison. A partir de maintenant, il faut nous en tenir à l'arrangement initial. Je jouerai mon rôle comme prévu pendant le séjour de ta grand-mère sur l'île.

Cesare fut désarçonné. Bien sûr, c'était un soulagement de la voir aussi calme et décidée à l'accompagner à Lionos pour faire plaisir à Athene. Mais à part ça, il n'était pas du tout d'accord avec son discours... Il hésitait sur la marche à suivre — ce qui ne lui ressemblait pas du tout — lorsqu'elle lui coupa une fois de plus l'herbe sous le pied.

— Et devine quoi ? ajouta-t-elle avec un sourire factice. Je suis enceinte.

— Enceinte ? répéta-t-il d'un air abasourdi.

Il tressaillit et lui avança un fauteuil.

— *Madre di Dio...* assieds-toi.

Elle s'exécuta, surprise de sa réaction.

— Ça n'a rien de stupéfiant, tu sais. Ç'arrive à des tas de femmes tous les jours.

— Tu es mon épouse ! Ça me touche donc de près !

Il se mit derrière elle et posa les mains sur ses épaules. Dangereusement troublée, elle se figea.

— Tu peux éviter de faire ça, s'il te plaît ?

— Quoi donc ?

— Me toucher. Devant ta grand-mère, je le comprendrai, mais ici nous n'avons pas de spectateurs. Ce n'est donc pas nécessaire.

De plus en plus décontenancé, Cesare la lâcha et recula d'un pas. Il mourait d'envie de poser la main sur son ventre..., mais mieux valait s'abstenir, apparemment.

— Excuse-moi. Mon premier réflexe a été de te toucher parce que je suis fou de joie à cause du bébé.

Il n'avait jamais eu l'air aussi peu fou de joie, constata Lizzie. Son visage était pâle et crispé. De son côté, elle avait tellement envie de le gifler que sa main la démangeait...

— Je ne m'attendais pas à ce que ça arrive aussi... *vite,* ajouta-t-il.

Vite ? Elle réprima une moue de dérision. Vu l'énergie qu'ils avaient déployée à faire le nécessaire, ce qui était surprenant c'était qu'elle ne soit pas tombée enceinte plus tôt ! Mais mieux valait garder cette réflexion pour elle...

— Ça nous épargne bien des complications, en tout cas, souligna-t-elle.

— Des complications ?

— Si nous avions été obligés de recourir à l'insémination artificielle, ç'aurait sans doute été un peu… glauque.

Glauque… Ça décrivait assez bien l'atmosphère dans laquelle il avait l'impression d'évoluer. Il avait eu une révélation la nuit dernière après avoir vu Serafina. Il avait enfin compris pourquoi les choses avaient mal tourné. Malheureusement, l'attitude de Lizzie ce matin prouvait que la situation était encore plus grave qu'il ne le pensait…

Cesare monta à l'étage sous le prétexte de prendre une douche, mais il voulait surtout s'isoler pour téléphoner. C'était la première fois de sa vie qu'il éprouvait le besoin de demander conseil à Goffredo, mais son père était le seul homme sensible de son entourage à qui il pouvait faire confiance pour garder un secret. Pas question de consulter ses sœurs, qui s'empresseraient de tout raconter à Lizzie parce qu'elles étaient déjà très proches. Le conseil de Goffredo tint en un seul mot, très désagréable à entendre. Il suggéra ensuite à son fils d'imaginer la vie sans Lizzie et d'en tirer les conclusions qui s'imposeraient. Cet exercice ne fit qu'assombrir davantage l'humeur de Cesare.

Pour le voyage, Lizzie mit une robe bain de soleil de coton blanc, puis se coiffa et se maquilla avec soin. Certes, dans l'absolu ça ne changeait pas grand-chose. Mais quelle femme ne ferait pas tout son possible pour limiter les comparaisons peu flatteuses avec une beauté ravageuse comme Serafina ?

Cesare descendit au dernier moment, vêtu d'un pantalon de toile beige et d'un pull de coton ivoire qui mettait en valeur son teint hâlé et ses yeux bruns pailletés d'or. Lorsqu'il monta en voiture, ce fut tout juste s'il jeta un coup d'œil à Lizzie. Elle réprima un soupir. C'était bien la peine de faire tous ces efforts…

Archie était assis entre eux au milieu de la banquette arrière et semblait chercher un moyen de se couper en deux. Au grand agacement de Lizzie, il finit par se blottir contre la cuisse de Cesare, parce que ce dernier le grattait distraitement derrière l'oreille.

Lorsqu'ils arrivèrent à l'aérodrome et montèrent dans l'hélicoptère, elle était au comble de la frustration. Le silence de Cesare était horripilant. Comment pouvait-il l'ignorer à ce point, après tous les bons moments qu'ils avaient partagés ?

Alors qu'il allongeait les jambes à côté d'elle, une vague de désir la submergea. Le sexe était désormais banni de leur mariage, se rappela-t-elle, furieuse contre elle-même. Mais à son grand dam, son regard était irrésistiblement attiré par la cuisse masculine, toute proche de la sienne.

Hier encore, elle n'aurait pas hésité à la caresser, pour le plus grand plaisir de Cesare. Il adorait qu'elle le surprenne par ce genre d'initiative. Comment avaient-ils pu être unis par une telle complicité alors qu'ils n'auraient jamais dû s'entendre ? S'était-elle raconté des histoires ? Avait-elle inventé un conte de fées et voulu le vivre à tout prix avec Cesare dans le rôle principal ? Etait-ce elle la responsable de ce gâchis ?

Plongée dans ses pensées, elle tressaillit au bout d'une heure de vol lorsque Cesare se tourna vers elle pour la prévenir qu'ils survolaient son île. Elle se pencha pour mieux voir la longue étendue de terre plantée d'arbres.

— C'est Lionos ? s'exclama-t-elle avec surprise.

L'île était beaucoup plus grande et plus verte qu'elle ne l'imaginait. Quelques minutes plus tard l'hélicoptère se posa au milieu d'une clairière, et pour la première fois depuis vingt-quatre heures, le cœur de Lizzie se mit à battre joyeusement. Ignorant la main que lui tendait Cesare, elle sauta à terre et contempla la maison blanche en planches à recouvrement qui se dressait en haut d'une côte. Comme l'île, elle était plus grande qu'elle ne l'avait imaginé. Elle en fit la remarque à Cesare.

— Athene m'a dit que son père avait construit la maison dans les années 1920. Comme il avait six enfants, il fallait qu'elle soit spacieuse, expliqua-t-il en posant Archie par terre. D'après Primo, il faudrait la détruire pour la reconstruire entièrement, mais il a fait de son mieux dans l'intervalle de temps dont il disposait.

— Il est d'une efficacité impressionnante.

Troublée par la main que Cesare avait posée au creux de ses reins, Lizzie s'efforça de marcher plus vite pour s'écarter de lui.

— Doucement. Il fait chaud et tu es enceinte.

— Je ne suis pas en sucre ! s'exclama-t-elle d'un ton vif. Et je suis juste un tout petit peu enceinte !

Cesare roula les yeux, mais s'abstint de tout commentaire. Il n'avait que ce qu'il méritait. En temps normal, Lizzie n'avait pas mauvais caractère. En dépit de son enfance difficile, elle était même d'un naturel très enjoué. C'était lui qui avait tout gâché…

Primo les attendait devant la porte.

— Les ouvriers sont en train de faire les finitions des salles de bains, annonça-t-il. A part ça la maison est présentable.

Emerveillée, Lizzie traversa le hall dallé aux murs fraîchement peints en blanc et arriva dans un vaste salon meublé dans un mélange de styles traditionnel et contemporain. Des portes-fenêtres, habillées de rideaux à fleurs, ouvraient sur une terrasse surplombant une petite crique de sable à laquelle on accédait par un sentier sinuant à travers les arbres. La nature était préservée et la vue splendide.

Elle poursuivit la visite de la maison et se détendit peu à peu. Contrairement à ce qu'elle craignait, en raison des commentaires de sa mère, la maison était très agréable et pleine de caractère. Une chambre avec salle de bains avait été préparée pour Athene au rez-de-chaussée, constata-t-elle avant de monter l'escalier pourvu d'une rampe en fer forgé. A l'étage, une chambre avait été sacrifiée pour aménager des salles de bains attenantes. Toutes les pièces, entièrement remises à neuf, étaient pimpantes.

— Qu'en penses-tu ? demanda Cesare depuis le seuil de la pièce où elle se trouvait.

— C'est magique. Je comprends pourquoi ta grand-mère n'a jamais oublié cette île. Ça devait être une maison fantastique pour des enfants.

— Bientôt, le nôtre perpétuera la tradition.

— Quand il ou elle sera avec toi. Mais je ne serai pas là pour le voir, souligna-t-elle précipitamment pour s'interdire de rêver.

Cesare semblait étrangement hésitant. Il avança d'un pas dans la pièce, puis recula sur le seuil.

— Et si j'avais envie que tu sois là aussi ?

— Ne dis pas de bêtises. Tu seras remarié ou bien tu auras une petite amie.

— Et si je n'ai pas envie de ça ? Et si c'était toi que je voulais garder auprès de moi ? insista-t-il d'un ton bourru.

Lizzie pâlit. A quoi jouait-il ?

— Pourquoi dis-tu ça ? Ce n'est pas du tout ce que tu veux. Tu as été très clair hier soir.

— Si, je veux te garder auprès de moi. Je veux que nous restions mariés. Hier soir tu m'as pris au dépourvu et j'avais l'esprit confus. J'ai commis une erreur.

Elle secoua lentement la tête, gagnée par la colère.

— Je n'arrive pas à croire ce que je viens d'entendre !

D'abord, tu me proposes un mariage blanc, ensuite tu me demandes de faire une tentative de vrai mariage, et enfin hier soir, tu me dis que notre mariage n'est pas un vrai mariage et que nous ne sommes pas un couple au sens strict du terme. Ça me paraît très clair !

Sur ces mots, elle passa à côté de lui sans un regard pour sortir de la pièce et se diriger vers la chambre située de l'autre côté du palier.

— J'essaie de m'excuser et tu ne m'écoutes même pas !

— Tu n'as aucune raison de t'excuser. Tu n'es pas responsable de ce que tu ressens… aucun de nous ne l'est, répliqua Lizzie en s'approchant d'une fenêtre et en feignant d'être fascinée par la vue.

Pourquoi la torturait-il avec cette discussion qui ne menait à rien ? De toute évidence, il ne se doutait pas du tout de ce qu'elle éprouvait…

— Je vais me changer et aller me promener.

— Seule ?

— Oui. J'aime la solitude. Bien obligée. J'ai travaillé seule pendant des années.

Elle passa de nouveau devant lui pour ressortir sur le palier au moment où des domestiques portaient leurs bagages dans la chambre principale.

— Je sais qu'à partir de demain, quand Athene sera là, il faudra recommencer à jouer la comédie…, mais cette nuit j'aimerais faire chambre à part.

— Pourquoi ne veux-tu pas écouter ce que je te dis ? s'exclama Cesare avec une incrédulité manifeste. Tu ne me regardes même pas !

Elle déglutit péniblement. A présent que tout était fini entre eux, il était plus prudent pour elle de ne plus le regarder. Parce que malheureusement, elle était toujours aussi sensible à son charme…

— Lizzie…

Elle se raidit, la gorge nouée.

— Je ne peux pas prendre le risque de t'écouter. La discussion d'hier soir m'a vraiment éprouvée et je n'ai aucune envie de recommencer. Ça ne sert à rien, de toute façon. Je ne suis pas vraiment ta femme. Je vis peut-être avec toi, mais…

— Tu attends mon enfant !

— Mais tu ne m'as pas épousée parce que tu tenais à moi. Ce n'est donc pas un vrai mariage, insista-t-elle en se retournant vers lui à contrecœur. Et comme tu l'as si bien dit, ce que nous avons partagé ne vaut pas la peine de se prendre la tête puisque c'était « purement sexuel ».

Cesare pâlit sous son hâle.

— Aujourd'hui je tiens à toi. Je veux te garder.

— Je ne suis pas un animal de compagnie, Cesare…

Les nerfs à fleur de peau, elle gagna la chambre, ferma la porte et ouvrit sa valise pour prendre un T-shirt dos nu et un short. Une promenade lui ferait du bien. Lorsqu'elle redescendit, Cesare était invisible. Elle se rendit dans la cuisine, où Primo régnait en maître absolu, et en ressortit avec un panier pique-nique royal. Parfait. Avec un peu de chance, elle pourrait rester dehors jusqu'à la tombée de la nuit et se coucher dès son retour.

Lorsqu'il découvrit que Lizzie avait quitté la maison, Cesare fut furieux. Il descendit aussitôt sur la plage, mais ne trouva même pas des empreintes de pas sur le sable.

Plusieurs heures plus tard, pleine de coups de soleil, les pieds meurtris et fatiguée, Lizzie rentra et apprit que Cesare était sorti. Soulagée, elle dégusta le dîner gastronomique préparé par Primo, puis elle se coucha et s'endormit aussitôt.

Athene arriva le lendemain après-midi. Enfin une bonne nouvelle, décida Cesare. Ça obligeait Lizzie à se montrer… Jamais il n'aurait imaginé qu'elle pouvait être intraitable au point de refuser de l'écouter. Mais il était vrai que pour trimer pendant des années en supportant les récriminations incessantes de son père, il lui avait fallu une énergie et un cran à toute épreuve…

Détendue et vêtue d'une robe rouge, Lizzie accueillit avec chaleur Athene dans son ancienne maison de famille. Des larmes brillèrent dans les yeux de la vieille dame lorsqu'elle regarda la vue.

— Je croyais que la végétation aurait tout envahi et que le paysage serait méconnaissable.

— Un jour tu m'as montré une photo. J'ai fait retailler les arbres, dit Cesare. Tu veux que je te fasse visiter ?

— Oui, à présent c'est votre maison à Lizzie et à toi, répondit Athene en cherchant un mouchoir dans son sac. J'y ai beaucoup de souvenirs de mes frères et de mes sœurs. Mais maintenant qu'ils ne sont plus là…

Cesare essuya les larmes de sa grand-mère d'une caresse furtive accompagnée de paroles réconfortantes. Quelques minutes plus tard, Athene racontait en riant une anecdote de son enfance avec ses frères. Elle les accompagna pour la visite de la maison, puis Primo servit le thé sur la terrasse, apparemment une vieille tradition à laquelle elle tenait.

— Primo est une perle, dit-elle à Lizzie, tandis que Cesare s'excusait pour répondre au téléphone et rentrait dans la maison.

— Et surtout il fait la cuisine, ce qui n'est pas vraiment mon fort, avoua Lizzie en resservant du thé à la vieille dame.

— Vous vous êtes querellés, Cesare et vous ? demanda Athene abruptement. Je n'ai pas l'habitude de me mêler de ce qui ne me regarde pas, mais je sens qu'il y a un problème.

Même une actrice oscarisée aurait du mal à continuer à sourire après cette question, raisonna Lizzie.

— Juste un léger désaccord, répliqua-t-elle, écarlate.

C'était horrible. Elle avait l'impression que le mot « menteuse » était gravé sur son front…

— Mon petit-fils est remarquablement intelligent, mais il n'est pas très doué pour les relations humaines, commenta Athene d'un air amusé. Rien d'étonnant à ce qu'il y ait de « légers désaccords » entre vous, comme vous les appelez. Vous le bousculez et ça lui fait le plus grand bien. Après tout, il faudrait être aveugle pour ne pas voir que vous êtes profondément attachés l'un à l'autre.

Cette conclusion réduisit à néant l'admiration naissante de Lizzie pour la perspicacité d'Athene, mais elle s'efforça de rester détendue. Quelques minutes plus tard, alors que la vieille dame s'était assoupie à l'ombre, elle rentra dans la maison.

— Je dois te prévenir, annonça-t-elle depuis le seuil de la pièce où Cesare avait installé son bureau. Athene pense que nous nous sommes querellés, mais que c'est normal et qu'il n'y a pas de quoi s'inquiéter. Malgré tout, nous avons intérêt à faire des efforts pour la rassurer.

— Ça ne serait pas plus simple de nous parler ? suggéra-t-il en se levant.

Lizzie resta sur le seuil.

— Je ne pense pas que nous ayons quoi que ce soit à nous dire.

— Sais-tu à quelle heure je me suis couché, cette nuit ?

Elle arqua les sourcils.

— Comment le saurais-je ?

— J'ai arpenté toute l'île à ta recherche. Primo n'a pas réussi à me joindre sur mon portable avant minuit, à cause de problèmes de réseau. C'est seulement à ce moment-là que j'ai appris que tu étais rentrée depuis des heures !

— Pourquoi me cherchais-tu ? s'exclama-t-elle, interloquée. Je n'étais pas perdue.

Cesare la regarda comme si elle était d'une inconscience irrémédiable.

— Il y a toutes sortes de dangers, sur cette île ! Des courants marins, des à-pics, des rochers…

Comportement très bizarre, songea-t-elle avant de déclarer d'un ton posé :

— Cesare, je ne suis pas une gamine sans défense. Je suis une femme habituée à travailler dehors par tous les temps et à veiller à tous les problèmes de sécurité à la ferme.

— Mais ici nous ne sommes pas à la ferme et j'étais très inquiet pour toi ! s'exclama-t-il avec véhémence.

Elle eut un mouvement vif de la tête et ses cheveux blonds illuminés par le soleil volèrent en arrière.

— Eh bien, tu n'avais aucune raison. J'aurais cru que tu t'inquiéterais plutôt de savoir comment Serafina allait survivre pendant ton séjour ici, étant donné que vous êtes faits l'un pour l'autre.

— C'est faux ! Je n'ai rien à voir avec Serafina !

— Vraiment ?

— Est-ce que j'ai l'air d'un imbécile ? Quand je suis tombé amoureux d'elle j'étais un gamin idéaliste et romantique. Aujourd'hui, je suis adulte.

— Ça ne t'a pas empêché de retourner au *palazzo*, la nuit dernière. C'est bien là-bas que tu es allé, n'est-ce pas ?

Il écarquilla les yeux.

— Tu crois que je suis allé là-bas pour la retrouver ?

— Quoi d'autre ? Tu es parti furieux…

— Ce n'était pas contre toi que j'étais furieux, mais contre *elle !*

Cesare hurla si fort que Lizzie s'empressa de fermer la porte.

— J'étais outré qu'elle ait osé importuner ma femme

avec ses élucubrations et j'étais déterminé à le lui faire savoir !

Il avait quitté la maison hors de lui parce que Serafina avait osé importuner « sa femme » ? Lizzie devint écarlate. Aurait-elle mal interprété ses réactions ?

— Et tu le lui as fait savoir ?

— *Si*... Et elle n'est pas près de l'oublier. Si elle n'était pas aussi narcissique, elle aurait compris depuis longtemps que je ne voulais plus rien avoir affaire avec elle. Comment as-tu pu penser ça de moi ? s'exclama Cesare avec une incrédulité manifeste. Une femme qui m'a quitté parce que je n'étais pas assez riche ? Une femme déloyale toujours prête à se vendre ? Elle s'est offerte à moi trois ans après son mariage avec Matteo, et elle a recommencé hier soir pendant le gala !

Lizzie était si stupéfaite qu'elle restait clouée sur place.

— Et... tu as dit non ?

— Evidemment ! Je n'ai plus jamais repensé à elle après sa première tentative de réconciliation. Ce jour-là, j'ai même été reconnaissant à Matteo de m'avoir évité de commettre une erreur redoutable. Aucun homme ne voudrait d'une femme aussi perfide. Malheureusement pour lui, il était fou d'elle. Cette fois, elle ne nous importunera plus jamais ni l'un ni l'autre. Je peux t'assurer qu'elle a compris que c'était inutile. D'ailleurs, elle va quitter le *palazzo* pour retourner dans sa maison de Florence.

Non seulement il ne tenait plus à Serafina, mais il la méprisait... Mais elle, il l'avait cherchée pendant des heures, en pleine nuit, parce qu'il craignait qu'elle ait eu un accident... Lizzie avait l'impression que son cœur allait éclater de joie. La sincérité de Cesare était flagrante. Comment avait-elle pu se tromper à ce point ? Comment avait-elle pu écouter une femme vaniteuse et narcissique persuadée qu'il ne pouvait pas se passer d'elle ? Alors que de son côté il se réjouissait de l'avoir échappé belle…

— Tant mieux si elle déménage… je ne l'ai pas trouvée sympathique, confia-t-elle sans avoir peur d'employer un euphémisme.

Grisée par l'intensité de son soulagement, elle s'agrippa au dossier d'un fauteuil.

— Désolée, j'ai la tête qui tourne de temps en temps.

— Parce que tu es « un tout petit peu » enceinte ?

Alors qu'elle vacillait sur ses jambes, Cesare la souleva de terre et la posa délicatement dans le fauteuil.

— Tu as besoin de te reposer et de manger davantage.

— Qu'est-ce que tu en sais ? marmonna-t-elle en se laissant aller dans le fauteuil.

— Sans doute autant que toi. J'ai appelé un obstétricien pour avoir des conseils.

Elle resta bouche bée.

— Pardon ?

— C'est aussi mon bébé. Je ne savais pas comment m'occuper de toi. Il m'a paru logique de consulter un spécialiste.

Des larmes perlèrent aux paupières de Lizzie. Il faisait tellement d'efforts pour lui faire comprendre que, même s'il ne voulait pas d'un vrai mariage, il prenait à cœur son bien-être et celui de leur enfant…

Les deux larmes qu'il vit rouler sur les joues de Lizzie bouleversèrent Cesare. C'était sa faute. C'était lui qui l'avait rendue malheureuse…

— Je suis désolé… tellement désolé…

Lizzie ouvrit les yeux et le découvrit à genoux à ses pieds, l'air affligé.

— Désolé ? Pourquoi ?

— Désolé de t'avoir blessée. Pendant des années, mes relations avec les femmes ont obéi à des règles très strictes, répondit-il d'une voix rauque en lui prenant les mains. Je ne m'engageais jamais. Je n'ai jamais eu une seule relation sérieuse après Serafina. Et puis je t'ai rencontrée et je... j'ai tenté de respecter les mêmes règles, mais avec toi c'était impossible. Le problème c'est que je ne l'ai pas compris tout de suite...

— Parle moins vite... Que veux-tu dire ?

— Que je suis fou de toi. Que je t'aime et que je ne veux pas te perdre, répondit-il avec ferveur en lui broyant les doigts.

Elle écarquilla les yeux.

— Mais hier tu as dit...

— Oublie ce que j'ai dit hier. Je ne savais plus où j'en étais. J'avais une seule certitude. J'étais furieux contre Serafina parce qu'elle avait tenté de te déstabiliser. C'est sur le chemin du retour que j'ai enfin compris... En réalité, je crois que jusque-là j'avais peur d'admettre ce que j'éprouvais pour toi. Je préférais ne pas me poser de questions.

Cesare eut une hésitation.

— Tu sais, je ne suis pas comme Goffredo. Je n'ai pas l'habitude de réfléchir aux sentiments et à ce genre de choses...

Lizzie avait du mal à se remettre de sa surprise. C'était la première fois qu'elle entendait Cesare parler de sentiments et ses paroles avaient un accent de sincérité bouleversant.

— Alors... tu crois que... tu m'aimes ? demanda-t-elle d'une voix hésitante, terrifiée à l'idée que son espoir allait peut-être être déçu.

— Je *sais* que je t'aime ! Il suffit que je pense au bonheur dans lequel je vis depuis que nous sommes mariés. Il suffit que j'imagine la vie sans toi pour savoir que l'idée de te perdre m'est intolérable.

Un sourire radieux illumina le visage de Lizzie et elle osa enfin lever les yeux vers Cesare. Pour la première fois, elle se sentait autorisée à l'admirer sans complexe et c'était enivrant.

— Moi aussi j'avais peur, reconnut-elle en libérant une de ses mains pour écarter ses épais cheveux noirs de son front. Je ne voulais pas commettre le même genre d'erreur que ma mère. Au départ, je pensais réellement que notre mariage ne resterait qu'un arrangement, mais ensuite… mon Dieu, je ne pouvais pas m'empêcher de penser à toi tout le temps, de te dévorer des yeux, de te toucher… Je ne pouvais plus me passer de toi et j'avais très peur de souffrir.

— Je ne te ferai plus souffrir. Jamais.

— Mais pourquoi restes-tu à genoux ? demanda-t-elle, intriguée.

Cesare eut un sourire penaud.

— J'ai appelé mon père pour lui demander conseil. Sans entrer dans les détails, s'empressa de préciser Cesare, devant l'air effaré de Lizzie. Je lui ai juste expliqué que j'avais été très maladroit. Le conseil qu'il m'a donné tenait en un seul mot…

Il fit une pause et Lizzie l'interrogea du regard.

— « Rampe », finit-il par dévoiler.

Elle pouffa, ravie.

— C'est vrai ?

— Je ne le ferai qu'une seule fois, parce qu'il n'y a aucune chance que je me comporte de nouveau aussi stupidement avec toi, *amata mia*, répliqua Cesare en se redressant pour ouvrir la porte et revenir soulever sa femme de son fauteuil. Cette expérience m'a beaucoup appris.

— Vraiment ?

Lizzie se laissa aller contre son torse, suprêmement heureuse d'être de nouveau dans ses bras. Humant son parfum délicieux, elle savoura à l'avance la passion avec laquelle il s'apprêtait sans aucun doute à lui prouver son amour.

— Pendant un mois, je n'ai pas su apprécier à sa juste valeur la chance que j'avais d'avoir une femme comme toi. Je ne commettrai plus jamais cette erreur. Je t'aime.

Arrivé sur le palier, Cesare remit Lizzie sur ses pieds et s'empara de sa bouche dans un baiser enflammé.

Elle lui répondit avec ferveur, le cœur en fête. Une vie de bonheur et d'amour s'ouvrait devant elle en compagnie de son mari et de son enfant…

Au rez-de-chaussée, Athene se félicitait de sa ruse.

— On dirait que j'ai arrangé les choses… Comme si j'avais l'habitude de m'endormir au milieu d'une conversation !

En gloussant, elle se rendit à la cuisine dans l'intention de confectionner le gâteau favori de son petit-fils.

— Je pense que nous dînerons tard ce soir, Primo…

Trois ans plus tard, Lizzie se détendait sur la terrasse de la maison de Lionos en attendant le retour de Cesare, parti en voyage d'affaires. Max, son fils de deux ans, avait les cheveux blonds de sa mère et les yeux bruns de son père, une association originale. Il jouait à ses pieds avec des voitures auxquelles il faisait faire la course avec des vroum-vroum sonores. A l'ombre, dans un berceau de voyage, une petite fille de six mois aux cheveux bruns dont la naissance n'avait pas été programmée, dormait paisiblement en suçant son pouce. Quant à Archie, il somnolait à proximité.

Lizzie se pencha sur le berceau avec un sourire attendri et tenta d'enlever le pouce de la bouche de sa fille. Elle y parvint sans la réveiller, mais le pouce reprit très vite sa place entre les petites lèvres. Au même instant, Lizzie entendit l'hélicoptère et se redressa.

Max reconnut lui aussi le bruit familier et abandonna ses voitures pour la rejoindre.

— Papa ! Papa !

Lizzie caressa la tête de son fils avec un sourire rêveur. Après la moindre absence, les retrouvailles avec Cesare étaient toujours volcaniques… Les trois années écoulées depuis leur rencontre n'avaient pas émoussé leur désir mutuel.

Athene passait le printemps et l'été sur l'île, mais en hiver elle préférait Rome et le confort de son appartement. Lizzie aimait tendrement la grand-mère de Cesare et tous les autres membres de sa famille. Il avait beaucoup de chance et il fallait reconnaître que la paternité l'avait rendu plus attentif à ses proches. Son père et ses sœurs rendaient des visites fréquentes au couple à Londres, en Toscane et à Lionos. Lizzie taquinait souvent son mari en lui disant que si elle était restée avec lui c'était pour sa famille.

Seule ombre au tableau, depuis son mariage elle voyait beaucoup moins son père et sa sœur. Brian Whitaker venait les voir de temps en temps, mais il n'aimait pas l'avion, ni la cuisine étrangère, ni le fait que les gens parlent dans leur langue en sa présence. Lizzie lui avait acheté une petite maison dans le village où il avait grandi et il y semblait aussi heureux qu'il pouvait l'être. Elle l'avait également emmené chez un spécialiste pour sa maladie de Parkinson et son état s'était considérablement amélioré depuis qu'il suivait un nouveau traitement.

Lorsque Cesare revenait d'un voyage d'affaires à Londres, Chrissie en profitait régulièrement pour prendre l'avion avec lui et rendre visite à sa sœur et à sa famille. Cependant, au grand dam de Lizzie, elle était devenue farouchement indépendante et elle avait des secrets qu'elle tenait à garder pour elle.

Consciente que sa sœur traversait une période difficile, Lizzie se serait volontiers précipitée à Londres pour tenter de résoudre ses problèmes d'un coup de baguette magique, mais Cesare l'en avait dissuadée. Chrissie préférait visiblement se débrouiller seule, avait-il plaidé. Mieux valait donc respecter sa volonté et ne pas se mêler de ses affaires. Il fallait accepter qu'elle soit désormais adulte et libre de faire ses propres choix, quitte à commettre quelques erreurs. Lizzie s'était rangée à son avis, tout en restant très proche de sa sœur et toujours prête à voler à son secours.

L'hélicoptère apparut dans le ciel sans nuages et descendit derrière les arbres. Max, qui sautillait sur place en tapant dans ses mains depuis qu'il avait entendu le bruit du moteur, s'élança dans le sentier pour aller à la rencontre de son père, Archie sur les talons.

— Vas-y, dit une voix derrière Lizzie. Je vais rester avec Gianna.

Lizzie adressa un sourire reconnaissant à Athene et partit en courant comme une adolescente. En voyant arriver sa femme, les cheveux au vent, les joues rouges et les yeux brillants, Cesare posa Max par terre et ouvrit les bras.

— Tu m'as manqué ! se plaignit-elle entre deux baisers. Tu me manques beaucoup trop quand tu pars !

— Je vais essayer d'y remédier, répliqua-t-il en écartant ses cheveux de son front.

Devait-il avouer qu'il avait travaillé jour et nuit pour pouvoir rentrer au bout d'une semaine ? Sa famille lui manquait un peu plus à chaque fois qu'il voyageait et il planifiait ses déplacements de manière à s'absenter le moins longtemps possible.

— Mais je ne devrais pas pleurnicher, murmura-t-elle savourant l'odeur familière de sa peau et le désir irrépressible qui la faisait vibrer contre lui.

— Tu ne pleurniches pas. Je t'ai manqué... et tu m'as

manqué, *amata mia,* répliqua Cesare d'une voix rauque. Nous avons beaucoup de chance de nous être trouvés.

Ils remontèrent lentement le sentier jusqu'à la maison, tandis que Max courait devant eux et qu'Archie traînait derrière. Cesare s'immobilisa et prit entre ses mains le visage qu'il ne se lassait jamais de contempler.

— Je suis fou de toi, Signora Sabatino.

— Et moi, je suis folle de toi…

Nouant les bras sur sa nuque, elle lui offrit sa bouche et s'abandonna avec volupté à son baiser passionné.

Cesare était là… Son bonheur était parfait.

Vous avez aimé *Un époux en héritage* ?
Ne manquez pas le second roman de cette série de
Lynne Graham, dès le mois prochain
dans votre collection Azur !

Un enfant pour tout changer, de Joss Wood - N°3738

Demi a pris goût à son existence solitaire et nomade. Voyager à travers le monde, travailler uniquement lorsqu'elle en ressent le besoin : voilà ce qu'est vraiment la liberté... Une insouciance qui s'apprête cependant à prendre fin. Car, après une seule nuit de plaisir partagée avec le beau Rob, elle attend un enfant, un petit être qui aura besoin d'elle autant que de stabilité. Demi l'a donc décidé : son dernier voyage aura pour destination les vignobles de Bellevue, où elle annoncera à Rob qu'il s'apprête à devenir père, avant de choisir un endroit où élever son bébé, seule. En effet, mieux vaut éviter de s'attarder trop longtemps auprès de Rob, et de fantasmer sur la vie de famille qu'il ne lui offrira jamais...

Prisonnière d'une promesse, de Michelle Smart - N°3739

Si Charley a quitté Raul Cazorla, deux ans plus tôt, c'était pour d'excellentes raisons. Ils n'avaient jamais appartenu au même monde – elle est issue d'un milieu modeste, lui, de la plus brillante aristocratie espagnole –, et Raul, incapable de l'aimer telle qu'elle était, s'était échiné à la transformer. Pourtant, aujourd'hui, il lui fait une troublante proposition : il financera le centre d'accueil pour enfants dont elle rêve depuis si longtemps, en échange de quoi elle reprendra leur vie conjugale et se pliera à sa volonté. Charley le sait, elle ne peut refuser cette offre, qui lui permettrait de mettre ses chers petits à l'abri. Même si, face à cet homme redoutable, elle ressent une peur mêlée d'un irrépressible désir...

Fiançailles à haut risque, de Maisey Yates - N°3740

Victoria a commis une erreur, douze ans plus tôt, et, par sa faute, son père a été conduit à la ruine. Depuis, une oppressante culpabilité l'étreint... Cependant, elle a trouvé comment se racheter : elle va convaincre le milliardaire Dmitri Markin de se fiancer avec elle, et ainsi remettre la main sur l'entreprise familiale. En échange de ce petit service, elle mettra tout en œuvre pour améliorer son image de séducteur invétéré. Sur le papier, l'idée est brillante. Mais, sous le regard de feu de Dmitri, ancien champion de lutte et homme d'affaires impitoyable, Victoria comprend qu'elle vient peut-être de se jeter dans la gueule du loup...

Le courage d'une séductrice, d'Andie Brock - N°3741

SÉRIE : LES MARIÉS DE L'ÉTÉ - 4E VOLET

Une jeune femme à demi nue dans son lit. Voilà une découverte peu commune, même pour un homme aussi convoité que lui, le cheikh Zayed al-Afzal. Pour quelle raison cette inconnue commettrait-elle un acte aussi effronté ? Mais Zayed ne perd pas de temps à se questionner, car la belle Nadia a fait germer une idée dans son esprit : il a justement besoin d'une épouse pour asseoir son autorité et couper court aux rumeurs qui circulent à son sujet, et la jeune femme semble toute disposée à s'attacher à lui ! Quant au désir qu'il éprouve pour elle, il ne fera que rendre cet arrangement plus alléchant...

A toi, depuis toujours, de Susan Stephens - N°3742

SÉRIE : TENTATION BRÉSILIENNE - 1ER VOLET

Lizzie peine à croire qu'elle est là, sur la propriété brésilienne de Chico Fernandez. Chico, le célèbre éleveur de chevaux, le champion de polo et, surtout, le merveilleux ami de son adolescence dont elle a été séparée par un drame familial... Mais ce n'est pas en raison de leur passé commun qu'elle se trouve ici aujourd'hui. Non, elle est venue approfondir sa connaissance des chevaux pour devenir une soigneuse accomplie. Ce qui ne l'empêche pas de remarquer, du coin de l'œil, que l'enfant au regard sombre qu'était Chico s'est transformé en un un homme extrêmement séduisant...

Une impardonnable trahison, de Caitlin Crews - N°3743

SÉRIE : LE SECRET DES HARRINGTON - 5E VOLET

Holly, son épouse. Symbole de sa jeunesse turbulente et de ses errements passés. Aujourd'hui, Theo Tsoukatos est contraint de la revoir, après des années de séparation. C'est bien la dernière chose qu'il souhaite, car il sait que Holly va lui demander le divorce, afin de retrouver sa liberté. Or, cette liberté, Theo refuse de la lui accorder : ce sera son unique vengeance, après l'impardonnable infidélité dont Holly s'est rendue coupable. Malgré tout, il ira la retrouver à Barcelone, la ville de leur magique voyage de noces, pour écouter ses arguments. Peut-être pour le plaisir de la voir s'abaisser à le supplier. Peut-être, aussi, pour s'offrir une dernière fois le luxe de contempler le corps sublime de la femme qu'il n'a jamais pu oublier.

Retour à Wolfe Manor, de Kate Hewitt - N°3744

SÉRIE : SCANDALEUX HÉRITIERS - 8E VOLET

En décidant d'emménager dans le petit cottage attenant à Wolfe Manor, où elle a longtemps vécu avec son père, Mollie ne s'attendait pas à trouver Jacob Wolfe installé dans la vaste propriété. Mais, même sous le choc, elle a assez de lucidité pour s'apercevoir que Jacob est encore plus sombre et tourmenté que par le passé, et encore plus séduisant... Si bien qu'elle n'hésite que quelques secondes lorsqu'il lui lance un ultimatum : soit elle accepte de redessiner le jardin de la propriété, soit elle quitte les lieux sur-le-champ. Décidée à faire taire ses inquiétudes, Mollie se convainc qu'elle va réussir la mission que Jacob lui a confiée. Et qu'elle parviendra aussi à faire fondre la muraille de glace qui entoure son cœur...

Composé et édité par HARLEQUIN

Achevé d'imprimer en juin 2016

BLACK PRINT

Barcelone

Dépôt légal : juillet 2016

Pour l'éditeur, le principe est d'utiliser des papiers composés de fibres naturelles, renouvelables, recyclables, et fabriquées à partir de bois issus de forêts gérées selon un système d'aménagement durable. En outre, l'éditeur attend de ses fournisseurs de papier qu'ils s'inscrivent dans une démarche de certification environnementale reconnue.

Imprimé en Espagne